講談社文庫

双子同心　捕物競い

早見 俊

講談社

目次

双子同心　捕物競い

第一章　養子入り

一

霞《かすみ》がかかった青空に筆でさらりと刷《は》いたような雲がたなびき、吹く風は柔らかだ。

ここは、両国西広小路《にしひろこうじ》。浅草奥山《おくやま》と並んで江戸きっての盛り場である。菰掛《こもが》けの見世物小屋、葦簾《よしず》張《ば》りの茶店、床見世《とこみせ》が建ち並んで大勢の男女で賑わいを見せている。楽しげに行き交う男女の顔は明るく、春麗《うらら》の昼下がりを心の底から楽しむその様は平穏そのものだ。

ところが、その平和を乱す胴間声が春空に吸い込まれた。

「舐《な》めているんじゃないぞ」

声の主は月代《さかやき》も髭《ひげ》も伸び放題、赤茶けた黒紋付に菜っ葉のような袴《はかま》といった、見るからに浪人といった男だ。

浪人は掘っ立て小屋の前で喚《わめ》いている。腰高障子に的《まと》を矢が貫いている絵が描かれていることから矢場であろう。浪人は矢場の娘の右手を摑《つか》み酔眼を向けている。どうやら、この娘目当てで通っているのだが、一向に娘が振り向かないことに腹を立てているようだ。

「やめてください」

娘は憎悪の目を向ける。彫りの深い顔立ちだけに怒った顔はかえって美しさが際立った。

「いい加減に付き合え」

浪人は呂律《ろれつ》が怪しい。昼日中から悪酔いをしている。

「やめて」

娘はきっとした目をすると摑まれた右手を激しく振る。ところが、浪人の力は強く離れない。それどころか、浪人は右手を引っ張り娘を抱き寄せた。

「馬鹿！」

娘は空いていた左手で浪人の頰《ほお》を打った。浪人の顔が歪んだ。何時《いつ》の間にか群がっていた野次馬から笑い声が上がった。これが浪人の怒りを増長させた。

「おのれ！」

浪人は怒りに顔をどす黒く歪ませた。気の強さを発揮した娘だったが、浪人の力は猛烈で逃れようにもただもがいているに過ぎない。こうなってくると野次馬もみな黙り込み、助けようという者もいなかった。

不穏な空気が漂う中、今日の晴天を思わせるような明るい声が響きわたった。

「みっともねえ真似はよしな」

男は二十代半ばの苦み走った面差《おもざ》し、紫地の背中に夜叉《やしゃ》の絵柄という派手な袷《あわせ》に真っ白な献上帯を締め、朱鞘《しゅざや》の長脇差を落とし差しにしていた。派手なのは身形《みなり》だけではなく髪型もだ。月代をきれいに剃り、髷《まげ》の先を扇状に広げてびんつけ油で固めている。鯔背銀杏《いなせいちょう》と呼ばれる髷だ。その髷と鬢《びん》が柔らかな春風を受けそよそよと揺れびんつけ油の甘い香りが辺りに漂った。

「なんだと」

浪人は酔眼を向けてくる。

野次馬の中から、

「いよっ、夜叉の親分」

と、声がかかった。

男は軽く右手を上げて声援に応えると浪人に向き直った。

「貴様、武士を愚弄《ぐろう》するか」

「嫌がる娘を無理やり付き合わせる、そんなものが侍と言えるか」

「うるさい、やくざ者めが」

浪人は娘の手を放すと男に向かってきた。

すると、ひとりの武士が野次馬をかき分け一番前に出て来た。

「あのやくざ者、何者じゃ」

初老のその武士は好奇心満々の目で周りに尋ねた。

誰が答えるともなく、

「両国広小路一帯の地回りをしてくだすっている夜叉の右近《うこん》親分でさあ」

答えた男はどこか誇る風だ。

「右近という名はやくざ者には似合わないな。役者でもやっておったのか」

「役者はおやりなすっていないさ。噂ではお武家のご出身らしいですよ」

「侍か……」

武士は、「やはり、あの話は本当だったか」と謎めいた言葉を発すると視線を右近に戻した。

「武士を愚弄するとは許せん」

浪人は大刀の柄に右手をかけた。

同時に右近は浪人の懐《ふところ》に飛び込んだ。と、思うと浪人の右手に自分の手を添え、

「おおっと、ここは天下の往来だ。人斬り包丁を振り回しちゃあいけねえ。あんた、無事じゃすまねえぜ」

「うるさい」

構わず浪人は刀を抜こうとした。

右近の長脇差が春色の陽光に煌《きらめ》いた。と見るや、間髪《かんはつ》を入れず浪人の髷が宙に舞った。

「うぎゃあ」

浪人はわけのわからない声を上げた。ざんばら髪となり、身形の薄汚さと相まって幽霊のようだ。野次馬から笑い声が起きた。浪人は居たたまれなくなり、ほうほうの体《てい》で走り去った。

「親分、ありがとう」

矢場の娘がぺこりと頭を下げる。

「お由紀《ゆき》ちゃん、もてるっていうのも災難だな」

「うまいこと言って」

「世辞、愛嬌《あいきょう》も芸の内ってな」

「まあ、お世辞だったの」

お由紀は頬を膨《ふく》らませた。美しさに愛嬌が加わりお由紀の魅力は倍増した。

「まあ、気をつけな。不届きな手合いがやって来たらいつでも駆けつけるからな」

右近は西広小路の往来を歩き出した。野次馬から喝采を叫ぶ声がした。

行く手に初老の武士が立っている。白髪交じりで格子柄の小袖を着流し、黒紋付の羽織を重ねていた。何処《どこ》かの御家人といったところか。

「なんです、おれに用かい」

右近は戸惑いの目をした。

「気に入った」

武士はにんまりとした。

「はあ……」

右近は戸惑うばかりだ。

「夜叉の右近、いい男ぶりだ。気に入ったぞ」

「それはかたじけない」

右近は返事をしたものの、武士の狙いがわからず警戒の目になった。

「わしは、南町奉行所同心景山柿右衛門《かげやまかきえもん》と申す」

「八丁堀《はっちょうぼり》の旦那ですかい」

「といっても、例繰方《れいくりかた》、事務方だ。定町廻《じょうまちまわ》りではないのだがな」

柿右衛門は言いながら周辺を見回す。視線の先に茶店を見つけ、

「あそこじゃ。あそこで茶を飲もう」

「茶を」

右近には柿右衛門の意図がわからない。立ち尽くしていると、

「茶を飲もう」

と、袖を引かれた。右近は仕方なく柿右衛門に従って往来を歩き茶店に入った。たちまちにして、

「親分」

とか、

「いつもご苦労さんです」

などと声がかかる。

「おう」

右近は応じるが、柿右衛門の存在の曖昧《あいまい》さが胸に横たわっていて声に張りがない。柿右衛門は小上がりになった入れ込みの座敷に腰を落ち着け、茶と御手洗《みたらし》団子を頼んだ。右近は柿右衛門の前に座る。

「八丁堀の旦那がおれに何の用ですか。お縄にしようっていうんですかい」

「お縄にするつもりなんぞあるはずがない。申したではないか。おまえのことを気に入ったと」

「気に入ったから茶に誘うっていうんですか」

「そうじゃ。二人で話がしたくてな」

「八丁堀の旦那と話すことなんかありませんがね」

右近は横を向いた。

「さっきから八丁堀、八丁堀と、町方は嫌いか」

「嫌いじゃない。大嫌いですよ」

右近は顔を突き出した。柿右衛門は膝を打ち、

「そのはっきりとした物言い。人に媚《こ》びないその態度、益々気に入った」

そこへ茶と御手洗団子が運ばれて来た。右近は御手洗団子をぱくついた。その様子を見ながら、

「うん、食べっぷりもいい」

柿右衛門は目を細めている。

「じろじろ見ないでくれ。団子がまずくなるじゃないか」

「そう言うな」

柿右衛門は自分の分も右近に差し出し、食べるように勧める。

「話を聞こう」

右近は口の中を団子で一杯にして尋ねる。だが、柿右衛門はそれには答えず、

「酒はどうだ。飲むんじゃろ」

「まあ」

「よし、河岸《かし》を変えるぞ」

右近はいい加減、柿右衛門を持て余した。

「昼間から酒か」

「なにを真面目ぶっておるのじゃ。やくざの親分が」

「やくざではない。地回りだ」

「似たようなもんじゃ。気にするな」

柿右衛門は右近に親しみを抱いたようだ。右近はというと、降って湧《わ》いたようなこ

の景山柿右衛門という初老の男に戸惑いと奇異なものを抱きながらも、怒る気にはならなかった。柿右衛門の狙いを知りたいという好奇心と、柿右衛門という男が醸《かも》し出すふんわりとした綿菓子のような和《なご》みがそうさせた。

右近が仕方なく腰を上げようとすると、

「まだ、団子が残っておる。勿体《もったい》ない真似はするんじゃない。わしは勘定を済ませてくるからな」

柿右衛門に叱《しか》りつけられてみると、不思議と反発心は起きない。柿右衛門が土間に降り立ち勘定を済ませようと店の奥に向かったところで、牛のように大きな男が右近の側にやって来た。

「親分、何者ですか。あの侍」

男は右近の若い衆を束ねる若衆頭《がしら》で名は体を表すという言葉通り、その名を牛太郎《ぎゅうたろう》という。右近が右腕とも頼む男だ。

「八丁堀同心だとさ」

「町方が何の用で」

「知らん。付きまとわれているんだ」

右近は御手洗団子の串を持ち、持て余すようにくるくると回した。そこへ、

「何をしておる。早くしろ」

柿右衛門の声が飛ぶ。

「残らず食えと言ったから食べているんだよ」

口の中でぶつくさ言うと残りの団子を牛太郎に押しやり、

「食え。残すんじゃないぞ」

と言い、土間に降りた。

牛太郎は合点がいかないのか首を捻《ひね》っていたが、そうしたいのは右近もである。

二

妙な男に好かれたものだ。

今日の昼は予定がないから少しくらい付き合っても大丈夫だが、柿右衛門の狙いが知れないことにはもやもやして仕方がない。

「どっか美味《うま》い店を知らんか」

柿右衛門はあっけらかんとしたものだ。

「蕎麦《そば》にしますか、それとも鰻《うなぎ》ですか」

右近が心当たりの店を思い浮かべたところで、

「あそこにするぞ」

柿右衛門は目に付いた蕎麦屋の暖簾《のれん》を潜《くぐ》った。

「人の話、聞いていないじゃないか」

すっかり柿右衛門に翻弄《ほんろう》されて調子が狂う。そんな右近の思惑などどこ吹く風。

「酒を二本、蕎麦がきと蕎麦味噌を頼む。それから盛り蕎麦を四枚。蕎麦は後でいい」

と、これまた右近には何も聞かずにさっさと注文をし、店内を見回す。奥に小さな座敷があった。

「あそこを使うからな」

大刀を鞘ごと抜き右手に持つと小座敷に上がった。顔見知りとなっている女中が戸惑いの視線を向けてくる。

右近は肩をすくめ柿右衛門に続いて小座敷に入った。

すぐに酒と肴《さかな》が届けられた。

「さあ」

徳利を向けてくる。

猪口《ちょこ》の代わりに湯飲みが用意された。右近は湯飲みに満たした酒をぐいっと飲み干した。柿右衛門はにこにことそれを眺め、

「いいぞ。よい、飲みっぷりじゃ」

それは満足そうに目を細める。

「話を聞かせてもらおう。いつまでも、あんたに付き合うほどおれは暇じゃない」

実際は暇なのだがだらだらと酒を飲めば、いつ果てるともなく柿右衛門に付き合わねばならないだろう。柿右衛門も持っていた徳利を膳に置き、

「その前に聞きたい」

「右近殿にお身内はおるのか」

まだ聞きたいことがあるのかと口をへの字に結んだ。

「いるとも」

「妻子と二親《ふたおや》か」

「親はおらん。妻も子もいない。でもな、おれには若い者たちがいる。みな、身内も同然だ」

「何人くらいじゃ」

「三十二人だ」

「ほう、それは大したもんだ」

柿右衛門は目を大きく見開いた。

「そこで、話というのは他でもない」

柿右衛門はここで正座をした。

「なんだ、改まって」

「この年寄りの願い、是非とも聞いて欲しい。右近殿、わしの養子になってくれ」

「はあ⁉」

柿右衛門の願いは意表をついていた。いや、意外どころか想像を絶している。

「あんた、今、何を言ったんだ」

「だから、わしの養子になってくれと頼んでおる」

「あんたの息子になれっていうのか」

「そうじゃ」

柿右衛門の大真面目な表情を見れば、冗談ではないとはわかるが、それを真に受ける気にもなれない。

「何を言い出すかと思えば……」

右近は大口を開けて思い切り笑い声を放った。

「馬鹿なことを申すと思っておるのじゃろう」

「思うさ、当たり前じゃないか。初対面の男にいきなり息子になれと言われて、はいそうですかと返事ができるか」

「それはそうであろうが」

柿右衛門は手酌で酒を飲んだ。ゆっくりと猪口を二杯重ねたところで目元が赤く染まった。どうやらあまり酒は強くはないようだ。

「あんた、八丁堀同心なんだろ」

「そうじゃ」

「息子はいないのか」

「息子は三年前に流行病《はやりやまい》で死んだ。娘は嫁にやった。妻は七年前に亡くした」

「へえ、あっさりしたもんだな。天涯孤独の身ということか」

「悪いか」

柿右衛門は呂律《ろれつ》が怪しくなっている。それに目も据《す》わってきた。悪酔いをする性質《たち》のようだ。右近は酌をしてやろうと徳利に伸ばした右手を引っ込めた。柿右衛門は引《ひ》っ手繰《たく》るようにして徳利を引き寄せ湯飲みに注ぐ。最早、悪酔い同心に礼を尽くす必要はない。

「おい、爺《じい》さん、その辺にしておけよ」

柿右衛門は目を剥《む》いて、

「爺さんとはなんだ。親父と呼べ」

「なんだと」

今度は右近が眉をひそめた。

「父上とは呼びにくかろう」

「呼べるはずがないだろう」

腹も立たない。苦笑がこぼれるばかりだ。柿右衛門は静かになってちびりちびりと酒を飲み、しんみりとなって、

「もう隠居したい」

「すればいいだろう」

「それには景山の家を継ぐ者が必要じゃ」

「八丁堀同心は実入りがいいだろう。養子の口ならいくらでもあると思うがな」

「それはそうじゃ。だがな、中々、眼鏡に適《かな》う者はおらん」

「探せばいるだろう、いくらでも」

「むろん探したさ。この半年、ずいぶんと探したのだがな……。そらもう探したのだ

ぞ。何もしとらんわけじゃない。わかっとるのか」

柿右衛門はからみ口調だ。

「あんたの酒癖の悪さを見りゃ、誰だって腰が引けるだろうよ」

「言ってくれるな、このやくざ者」

「地回りだと言っているだろうが。酒癖の悪い爺《じじ》いめ。その調子なら当分隠居することはなかろうぜ。じっくり探せばいいじゃないか」

「いや、もう探さん。おまえに決めた。百両持ってこい」

柿右衛門の言葉は予想外なものばかりだが、これには腹が立ちさえした。

「悪酔いもいい加減にしろ。なんで、おれが百両持っていかなきゃならないんだ」

「御家人株はそれくらいの値打ちがあるんだ。ましてや八丁堀同心だぞ」

事実、この時代暮らしに貧する御家人の御家人株の売り買いが行われた。八丁堀同心は百両の値がついていた。侍になりたいという裕福な商人などが買い取ったりする。

「おれはあんたの養子になる気はない」

「そんなことはあるまい」

「頭を冷やしたらどうだ。あんたが言っていることはめちゃくちゃだぞ。会うなり養子になれ、それには百両持って来い、そんな馬鹿な話があるか。どんなやくざ者だってそんな無茶は言わねえぞ！」

右近はつい大きな声を出した。

柿右衛門はしばらく口をつぐんでいたが、

「少々、強引じゃったかな」

と呟《つぶや》き、己が額を手で小突《こづ》いた。

「ようやく気がついたか」

「まあ、今日のところはこれくらいにしておこうか」

柿右衛門の声は沈んだ。その寂しげな顔を見れば、ふと同情を誘われる。

「まあ、景山さんよ。江戸は広い。養子のなり手はいくらでもいるさ。ましてや、あんたは八丁堀同心なんだからな」

右近はこれで柿右衛門が諦《あきら》めたのだろうと、女中に蕎麦を持って来るよう頼んだ。

「邪魔をしたな」

柿右衛門は腰を上げた。

「待ちな、蕎麦がくるぜ」

「いや、もう帰る。わしの分もおまえが食え。それからな、すまんが、持ち合わせがない。貸しといてくれ。今度来た時に払う」

冗談じゃない。二度と尋ねて来られたくはない。

「いらないよ。茶店ではおれがごちになった。ここはおれが持つよ。それより気をつけて帰りな」

「親切、痛み入る」

柿右衛門は急に武士らしくしゃんとなった。が、二歩、三歩歩いたと思ったらぐらりとよろめき、ついにはばったり倒れてしまった。

そこに女中が盛り蕎麦を運んで来た。女中は座敷で倒れている柿右衛門を見て目を白黒とさせている。

「この爺さん、弱いくせに、飲み過ぎてな。ちょいと、水を持ってきてくんな」

厄介な爺いと関わったものだと、己が不幸を呪いながら蕎麦を引き寄せる。そこへ牛太郎がやって来た。

「どうしたんです」

牛太郎も戸惑っている。

「見ての通りだ。酔っ払って眠り込んでしまった」

女中が丼に水を汲《く》んできた。それを牛太郎が貰《もら》い受け、柿右衛門を抱き起こして飲ませようとしたが、口が閉じたままのため持て余すばかりだ。

「どうします」

「このまま寝かせておくのは店に迷惑だ。駕籠《かご》で送ってやれ。誰かつけてな」

「へい」

牛太郎は駕籠の手配をした。

右近は苦笑を浮かべ、

「ついでに、この爺さん、南町の景山柿右衛門さまのご評判を聞き込みさせな」

「わかりました」

牛太郎もやれやれといったように首をすくめた。

三

右近は蕎麦を手繰《たぐ》り始めた。牛太郎が柿右衛門を駕籠に乗せ、戻って来た。

「おまえも食え」

「いただきます」

牛太郎も蕎麦を手繰る。右近は蕎麦をさらに六枚追加した。

「なんだか、疲れちまったぜ」

右近は養子入りの話はしなかったが、柿右衛門の悪酔いについては語った。

「ああ、そうか」

牛太郎は妙に納得するように手を打った。

「どうしたんだよ」

右近は箸《はし》を止めた。

「この五日ばかりなんですがね。親分のことを聞きまわっているって八丁堀同心がいたんですよ」

「それが景山の爺さんか」

「たぶんですけどね。あの爺さんとその八丁堀同心が結びつきませんでした。親分のことを嗅ぎまわって何をしようっていうんです。何かしょっ引くネタでも拾っていたっていうんですか」

「そうじゃない」

右近は不機嫌に返す。

「でも、直接親分に用があったってわけでしょ」

牛太郎としては気になることは当然だろう。ここは、下手に隠し立てをしないほうがいい。

「爺さん。頭が耄碌《もうろく》しているのか、妙なことを言い出したんだ」

右近はここで言葉を止めた。養子になれと言われたことがなんとなく面映《おもは》ゆい。それだからといって途中で話をやめるわけにはいかない。

「おれに養子になれって頼んできたんだ」

「んむっ！」

牛太郎の意表をついたのだろう。思わずむせてしまった。

「爺さん、身内が死に絶えてひとり身なんだとよ。それで、景山の家を継がす養子を探しているんだと」

「それで親分に白羽の矢を立てたということですか」

「目ぼしいのを探しているって言っていたがな」

「親分のことを嗅ぎまわっていたのは養子にふさわしいかどうかを調べていたんですね」

「そういうことだろうよ」

「見込まれたもんですね。いや、八丁堀の旦那に見込まれるとはさすがは親分だ。あつしらも鼻が高えや」

「馬鹿、そう思うのは早い。爺さんは養子にしてやるから百両用意しろって言ってきたんだぜ」

「百両とはふっかけましたね」

「御家人株、八丁堀同心ともなるとそれくらいの値がつくんだそうだ。ということは、百両欲しさに養子話を持ちかけ、百両出せる奴を探しているってことだよ」

「そういうことですか」

牛太郎は苦笑を洩《も》らした。

「だから、きっぱりと断ってやったさ」

「爺さん、諦めますかね」

「諦めるも何もおれにその気はないんだ。それとも、おれに八丁堀同心になって欲しいか」

「そんなことありませんよ」

牛太郎は大きく右手を横に振った。

「でも、どうします。きっとまた来ますよ」

「うっちゃっておきゃいいさ」

「あっしの見たところ爺さん、親分のことを相当に気に入ったようですから、簡単には諦めねえと思いますぜ」

「ふん」

右近は鼻で笑ったものの、牛太郎の言うことはもっともだと思うと、胸に大きなわだかまりが残った。

「ま、来てもかかわりにはならねえさ」

「そうですよね」

牛太郎は盛大な音を立てながら蕎麦を啜《すす》った。

「ところで、伊之吉《いのきち》の奴、しっかりやっているかい」

伊之吉とは三月ばかり前から右近が面倒を見ている若い者だ。三年前に江戸を騒がせた盗賊房州の助五郎《すけごろう》一味の使い走りをやっていた。盗人一味が北町奉行所に捕縛された時に一緒にお縄になった。しかし、使い走りをしていただけで盗み自体をしていないのと、助五郎を北町奉行所に売り、隠れ家に案内した功により、五十叩きで放免された。その後、真人間になろうとしたが盗人一味に加わっていたことが尾を引き、職を転々としていたのだ。

両国西広小路に流れて来て、一膳飯屋で食い逃げしたのを右近の若い者に折檻《せっかん》された。右近は伊之吉の身の上を聞き、自分の手元に置いて雑用を任せていた。

「最初はすねていましたがね、今じゃ仲間にも溶け込んでなんとかうまくやっておりますよ」

「まあ、しばらくは気を配ってやれ」

「へい」

二人はそれから無言で蕎麦を啜った。右近は柿右衛門のことが頭から離れず、蕎麦を手繰る手も鈍りがちだった。

勘定をすませ表に出て春風に吹かれると、幾分か心が晴れた。牛太郎も大柄な身体で大きく伸びをした。

すると、伊之吉が往来を歩いている。右近が声をかけようとすると目つきのよくない男が伊之吉に近づいた。伊之吉はその男を見ると身体を小さくさせた。しきりと、頭を下げている。

牛太郎が傍に寄ろうとしたのを右近が引き止めた。男は、

「しっかりやっているのか」

「へい」

伊之吉はぺこぺこと頭を下げ続ける。

「妙な料簡を起こすんじゃねえぜ」

男は居丈高な態度だ。

「へえ」

伊之吉はしおしおとか細い声で返事をする。見ていて気の毒なほどだ。

「満更、知らねえ仲じゃねえんだ。困ったことがあったら相談に乗ってやるぜ」

「間に合っていますんで」

「まあ、そう遠慮することはねえ。おめえには特別に目をかけてやったんだからな」

男がにんまりとすると、

「おう、門太《もんた》、何をしているんだ」

と、太い声がした。五十年配の男だ。縞柄の着物を尻はしょりにして紺の股引《ももひき》を穿《は》いている。五尺（約百五十二センチメートル）そこそこの小柄ながら目つきは鋭く、全身から強い気を漂わせている。門太と声をかけられた男はおろおろとして、

「こら、親分、なに、ちょいとばかりこの出来損ないに意見してやってたんでさあ」

「おめえが説教か」

親分と呼ばれた男は鼻を鳴らし歩いて行った。門太はあわてて追いかける。

「けっ、嫌《いや》な奴だ。あいつ、文蔵《ぶんぞう》親分の下っ引で門太って野郎ですぜ」

牛太郎が言った。門太に声をかけたのが神田白壁町《しらかべちょう》の岡っ引文蔵である。

「文蔵もあんなのを下っ引に使っているようじゃ、大したことないな」

「文蔵親分はなにせ、凄腕の岡っ引ですからね。江戸中のあちらこちらに下っ引がいるそうですよ。中には門太みてえな出来損ないもいるってことでしょう」

「大勢いたんじゃ、屑《くず》もいるってことか。それにしても、伊之吉の奴、門太にからまれていたな」

右近は牛太郎に目配せをした。牛太郎は伊之吉を手招きした。伊之吉はこちらにやって来た。

「親分」

伊之吉は頭を下げた。

「元気でやってるか」

「へい、お蔭さんで」

伊之吉は笑顔になった。

牛太郎が、

「今、からんできたの、門太って文蔵親分の下っ引だろう。どうしたんだ」

「いえ、その……」

伊之吉はいかにも言い辛そうに口をもごもごとさせた。

「親分も気にかけていなさるんだ。遠慮することはねえ。何でも話しな」

牛太郎に視線を向けられ、

「ああ、遠慮することはねえぜ」

右近も鷹揚《おうよう》に構える。

「は、それが、あっしは文蔵親分と北町の里見《さとみ》の旦那にお縄になったんですよ」

「里見」

右近の顔色が変わった。牛太郎は敏感に察知して、

「どうなすったんで」

右近はそれには答えず、

「里見とは里見左京《さきよう》か」

右近の顔に影が差している。伊之吉が、

「親分、ご存じなんですか。里見の旦那のことを」

右近は口をへの字にした。代わって牛太郎が、

「親分の兄さんだよ」

「ええ？」

伊之吉は驚きの声を上げていたが右近の顔をまじまじと見つめ、

「そういえば、似ていらっしゃるような。里見さまにはろくにお会いしておりませんでしたのでよくお顔は見ておりませんが、似ていらっしゃるような」

「似ているも何も双子だからな」

右近はニヤリとした。

「驚きました」

「これも何かの因縁だよ」

右近は呟いた。

「門太の野郎、嫌がらせでもしたのか」

牛太郎が聞いた。

「いえ、別にそういうことはしてねえんですがね」

伊之吉はぶつぶつと呟いた。

「気にすることはねえ。何か嫌がらせでもしてきやがったらおれが黙っちゃいねえぜ」

右近は伊之吉の肩を叩き、すたすたと歩き出した。

四

その晩、右近は自宅にいた。三十畳の大広間だ。百目蠟燭《ひゃくめろうそく》がふんだんに灯され、右近と牛太郎の影を揺らめかせていた。

右近の家は薬研堀《やげんぼり》にある。そこの一軒家だ。夜叉の家と呼ばれ、三百坪余りの敷地は板塀が巡り、その中に二階家があった。二階家の他には平屋建ての長屋がある。そこに三十人余りの人間が住んでいた。

母屋といわず長屋といわず、屋敷のあちらこちらから賑やかな声がする。笑い声や怒鳴り声、喧嘩やそれを仲裁する者で忙しげだ。右近には耳慣れた喧騒《けんそう》である。この喧騒に身を置くことは不快ではない。それどころか心地良い。親分と崇《あが》められることは気分が良いし、同じ釜の飯を食っているという連帯感もこの上なく気持ちの良いものだ。

母屋の大広間で牛太郎が一人の男を連れて右近の前にやって来た。

「親分、美濃吉《みのきち》の奴が景山の爺さんについて聞き込みをしてきましたぜ」

美濃吉と呼ばれた男は頭を丸め、派手な色の小紋の着物に色違いの羽織を重ね、扇《せん》子《す》を手にしていた。一見して幇間《たいこもち》のようだ。ようだではなく、美濃吉は事実幇間を生業《なりわい》とし夜叉の家の長屋に住んでいる。幇間をしているだけあって人当たりの良さを買われ、右近の手足となって働いてもいた。

「おお、そうか」

右近は鷹揚に構える。

美濃吉は扇子をぱちぱちさせながら右近の前に出た。

「景山柿右衛門さま、中々の人物ということでした」

「あの酔っ払い爺いがか」

右近は目をしばたたいた。

「御奉行所では長年に亘《わた》って例繰方をお務めだそうです」

「そう言えば、爺い、そんなことを言っていたな」

例繰方は奉行所で扱った事件を記録し保管する、御仕置裁許帳《おしおきさいきょちょう》を管理した。事件を吟味するに際して、吟味方与力が過去の裁許に照らして裁きができるように整えもする重要な役目だ。

「それで、景山さまというお方は南町奉行所にある御仕置裁許帳の中身を全てそらんじているお方ということで、与力や御奉行さまも一目置く存在なのだそうです」

美濃吉は扇子をぽんと閉じた。

「人は見かけによらねえとはこのことだぜ」

右近はあぐらをかき脛《すねげ》毛をぽりぽりと掻《か》いた。

「まったくですね」

牛太郎も手を打った。

「しかもその上ですよ、今年からは筆頭同心までお務めなんでげすよ」

美濃吉はつい商売上の言葉遣いになってしまった。

「へえ、そいつはすげえ」

牛太郎も大きな身体を仰《の》け反《ぞ》らせた。右近もこれには驚き、

「筆頭同心さまが隠居か。どうして筆頭同心になりながら隠居なんぞ考えているんだ」

「それなんでげすよ」

美濃吉はじらすように口を閉ざし扇子を開けたり閉じたりしている。牛太郎が目を剝き、

「なんだ、勿体つけやがって、さっさと話せ」

「そうなんですがね、これには少々、こっちを使いましたんで」

美濃吉は扇子で頭をぽんと叩いた。

「こいつは気がつかなかったな」

右近は一分金を美濃吉に差し出した。なんだか、景山柿右衛門という男に興味を抱いた。その好奇心は押さえられるものではない。美濃吉は百目蠟燭に頭を光らせ、

「景山さまのお屋敷には貸し本屋が大量の草双紙《くさぞうし》や読本《よみほん》を持ち込んでいるんです。で、貸し本屋に話を聞いたんですがね、景山さまは読本が大好きで、ご自分でも読本の作者になるというのが夢なんだそうです」

「おい、まさか、あの爺い、戯作者《げさくしゃ》になるために筆頭同心の地位を去ろうというのか」

右近は素《す》っ頓狂《とんきょう》な声を出した。

「そうなんでげすよ」

美濃吉は扇子を勢いよく閉じた。

「ほんとか」

牛太郎も驚いた。

「間違いないでげす」

牛太郎は顔を歪め、

「へえ、こら、変わった御仁《ごじん》だ」

と、右近を見た。

「ほんと変わった爺いだ。でも、なんとも面白い男じゃねえか」

右近は腹を揺すって笑った。

「まさか、親分」

牛太郎は右近が柿右衛門の養子になるのかと問いたげだ。

右近は思わせぶりな笑みを浮かべる。牛太郎が眉根を寄せたところで、

「御免、邪魔するぞ」

と、玄関で声がした。

「なんだ、藪から棒に」

牛太郎は美濃吉を見た。美濃吉は素早い動きで部屋を出て縁側を歩いて行こうとしたが、断りもなく足音が近づいて来る。牛太郎が腰を上げたところで、

「邪魔するぞ」

障子が開き、景山柿右衛門の小柄な身体が現れた。今日は縞柄の着物を着流し、黒紋付の裾を捲《まく》り、帯に挟むといった八丁堀同心のなりをしている。

「景山さま、いきなりのご訪問ですか」

牛太郎が迷惑そうに眉根を寄せた。

「気にするな。それより、土産《みやげ》じゃ。肴を調《ととの》えろ」

柿右衛門は五合徳利を頭上に掲げた。ちらりと美濃吉に視線を投げ、

「おまえだな、わしの身辺を嗅ぎまわっておるという幇間は」

「え、ええ、その」

美濃吉がおろおろすると、

「かまわん、かまわん。わしだって夜叉の親分のことを聞きまわったのじゃからな」

柿右衛門は腰をどっかと下ろした。

「なんか、肴を用意しろ」

右近が言う。

「何もいらんぞ。するめの炙《あぶ》った物でもあればそれでよし。あとは、刺身に奴豆腐、それに鰻でもあれば文句はないな」

柿右衛門は例によって好き勝手なことを言い立てた。

牛太郎が文句を言おうとするのを、

「おい、そこのでかいの。邪魔だ。今日は親子の固めの杯《さかずき》だぞ。気を利かせたらどうだ」

「そ、そんな」

牛太郎が口をもごもごさせると、

「爺さん」

右近が声をかけると、

「親父さんじゃ」

と、柿右衛門は即座に訂正をした。右近は眉間に皺《しわ》を刻んだ。牛太郎と美濃吉は柿右衛門に呑まれたようにおずおずと部屋から出て行った。

「あんた、無茶なんだよ」

「多少の無茶はする。わしはおまえが気に入ったからな」

「勝手なことを言いやがる。あんた、読本の作者になりたいんだってな」

「そうさ。なにせな、事件物に関してのネタは豊富じゃ。これまでになかった読本をものにするんじゃ」

柿右衛門は遠くを見るような目をした。

「あんたの夢を叶えるために、おれが百両払って八丁堀同心にならなくちゃいけねえのか。冗談じゃねえぜ。毎日、毎日、奉行所の机に座ってくそ面白くもない帳面とにらめっこをするなんておれはまっぴらだ」

「それなら心配するな。定町廻りにする。欠員ができてな、わしはおまえを推挙する」

「定町廻りだと」

「定町廻りは町奉行所の花形だ。女にもてる」

「今だって女に不自由はしてないさ」

「ならば、女はいいとして、定町廻りになって凶悪な連中をお縄にしてみる気はないか」

「ない、ない」

右近は手を振った。

柿右衛門は声の調子を落とし、

「北町の里見左京」

と、ぽつりと洩らした。右近のこめかみがぴくんと動いた。

「やはりな、意識しておるな」

柿右衛門はにやっとした。

「爺い、知っておるのか」

右近は凄い形相《ぎょうそう》になった。

「ああ、知っておるとも。里見左京、父は正一郎《しょういちろう》、二年前に死んだ腕利き同心。筆頭同心まで務めた。息子左京はその血筋を引きめきめきと頭角を現し、今や北町きっての敏腕同心といわれている。そして、その弟が右近。双子の弟だ。容貌はそっくりだが、こいつは不出来。十五で家を飛び出した。それからは、やくざ者に身を落とし……」

「その辺にしとけ」

右近は太い声を出した。

「怒ったか」

「腹は立つ。親父や兄のことを思うとな、愉快な気にはならんさ」

「兄と競うということをしてみんか」

「南町の同心になってか」

「そうじゃ」

柿右衛門はにんまりとした。顔中の皺が深まった。音を立てるのではないかと思えるほどの皺の多さだ。

「ふん、馬鹿らしい」

右近は横を向く。

「不出来な男としてこのまま生きてゆくのか。見返してやろうとは思わんのか。里見の家を追い出されたのだろう」

「こっちで出てやったんだ、くだらねえことを言うな」

「くだらなくはないぞ」

「爺い、おれをその気にさせようって腹だろうがな、おれはそんな気にはならんぜ」

右近は怒りで血がたぎり、柿右衛門の襟首《えりくび》を摑んだ。

「やめろ、わしに怒りをぶつけるな」

右近は肩で息をしながら手を離した。

「血気盛んじゃな。その血気盛んなところを悪人退治に向けようとは思わんか」

「今度は正義心に訴えるか」

右近は五合徳利を引ったくり直接口からごくごくと飲んだ。

「考えてみろ」

柿右衛門は静かに言った。

五

「これ以上、無駄なこった」

右近は吐き捨てた。

「無駄じゃない。わしにはな」

「しつこい爺いだ」

「それがわしのいいところでな、今のは誉め言葉と受け止めておく」

「呆れた爺いだ」

「なんとでも言え。わしは諦めんぞ」

「おまえな、己が夢のために法を曲げてもいいのか」

右近は思い切り顔をしかめる。

「曲げてはおらん」

「おれみたいなやくざ者を町方の役人にしてもいいのか。言うまでもなく、おれは法を守って生きているんじゃないぜ」

「承知じゃ」

「そんな者が罪人を捕縛するのか」

「申すまでもなく、町方はやくざ者を手先に使っておる。岡っ引や下っ引といった連中はやくざ者も少なくはないさ」

「岡っ引連中は奉行所の役人じゃない。同心はれっきとした役人だ」

「おまえは元々、士分。しかも、北町きっての同心里見の家の出だ」

「父からは勘当された」

「その点はわしに任せればいいさ」

「別になりたくはない。それより、どうしておれみたいな男を八丁堀同心にしようなんて考える。やはり、己が夢を叶えるためだろう」

「違う。それだけじゃない。わしはおまえに八丁堀同心としての素質を見た」

「ふん、口から出任《でまか》せを言いやがって。おれが里見家の出だからか。八丁堀同心の血が流れていると言い出すんじゃないだろうな」

右近は嫌な気がして嘲笑《あざわら》わずにはいられなかった。

「それもある」

柿右衛門ははっきりと首を縦に振る。

「ふん、馬鹿馬鹿しい」

右近は吐き捨てた。

「だがな、おまえはそれだけの男じゃない。おまえの腹の底には正義を貫く、悪を憎む、弱い者を助ける、そんな義侠心《ぎきょうしん》が横たわっているんだ」

「おい、おい」

右近は照れるように横を向く。

「本当だ。わしは、本心からそう思うのだ。わしは永年、町方の同心として多くの人間に会い、言葉を交わしてきた。人を見る目は持っておるつもりだ。おまえは八丁堀同心になるために生まれてきた男なのだ」

柿右衛門はいつになく大真面目である。まばたきもせず、正面から右近を見据えた。右近は柿右衛門の視線を受け止めていたが、

「よせよ」

照れたように視線をそらす。

「わしは本気じゃ」

「八丁堀同心になるために生まれた男が、こうして地回りの元締めをやっているんだ」

右近は自嘲気味な笑みを浮かべた。

「それがよかったのじゃ。今までのおまえの暮らしは八丁堀同心をやるのに役立つ」

「またまた、うまいことを言いやがって」

「そんなことはない。おまえがもし、里見の家を出ずして、八丁堀同心になったとす

る。するとな、必ずや壁にぶち当たったぞ」

「壁だと」

「ああ壁だ。素質に恵まれておる者は素質だけである程度はいく。しかしなあ、世の中そんなに甘くはない。そこでものを言うのが経験というものじゃ。おまえは、市井《しせい》の暮らし、しかも、世の辛酸《しんさん》を舐めてもきた。大勢の報《むく》われない人間とも付き合ってきた。そうじゃろ」

「まあ、いろんなのがいるよ」

「そこじゃよ。それが定町廻りの仕事には役立つんじゃ。素質に加え、豊富な経験がおまえをしてとてつもない同心たらしめることになるのじゃ」

柿右衛門は訥々《とつとつ》と語る。

「まあ、飲むか」

右近は気分がよくなった。柿右衛門との酒宴が催された。

障子の陰で牛太郎と美濃吉が二人の様子を窺《うかが》っていた。

「ああ」

美濃吉は扇子で顔を覆《おお》った。牛太郎も、

「なんだか親分、あの爺いに丸め込まれるんじゃないか」

「頭もそう思いますか」

「そんな気がするな」

牛太郎は腕を組んだ。

「親分、案外と歯の浮くようなお世辞に弱いんでげすよ」

美濃吉は顔をしかめる。

「そう思うか」

「いつかね、あっしは親分に聞かれたことがあるんでげすよ」

「何を」

「おまえ、いろいろな座敷に出ているけど、男の中の男っていうと誰が思い浮かぶって聞かれましてね。あたしゃ、そら夜叉の親分ですよって間髪入れずに答えました」

「調子がいいな。いくらなんでもわざとらし過ぎるぜ」

「ところが、親分」

美濃吉は扇子で膝を打った。

「まさか」

牛太郎はきょとんとした。

「世辞、愛嬌も芸の内。親分、照れたんですよ。よせよ、なんて言いながら恥ずかしそうに頬を赤らめなすった。あっしはここだと思いましてね。親分こそが男の中の男だって繰り返しました。親分、うるせえ、なんてあっしの頭を小突きながらも取っとけなんて二分金をくれましたよ」

美濃吉は得意げに笑った。

牛太郎は不安に駆られた。不安を増長させるように、右近と柿右衛門は親しげに語らっていた。

六

それから一時《いっとき》(約二時間)が経ち、柿右衛門は上機嫌で帰って行った。夜叉の家にも静寂が訪れた。右近はだだっ広い大広間で一人ぽつんと座っている。酒を飲もうと徳利に手を伸ばしたが既に空だった。

兄左京と父正一郎のことが脳裏を駆け巡った。左京とは双子の兄弟だ。古来より、武家や公家は双子を嫌うという風習がある。正一郎はそのせいかどうかはわからないが、幼い頃より左京を可愛がり自分を嫌った。品行方正で父を同心の鑑《かがみ》と慕う兄に対し、自分は何かと反発していたことも、それを増長させた。

反発心が募《つの》り、十年前の正月、珍しく酒に酔った正一郎と激しく言い争い、勘当を申し渡された。母静江《しずえ》が間に入ってくれたが、正一郎は酒の酔いと振り上げた拳《こぶし》のやり場に困り、右近を許しはしなかった。

右近は里見家を出た。十五の春だった。出て行くに際し、静江は内緒で金五両を持たせてくれた。木戸を出て行く右近を見る左京の冷たい眼差し。不肖の弟だという蔑《さげす》みと憎悪に彩られたその瞳は、右近の胸に深々と刻まれた。

それから両国に流れて無頼の徒に身を投じた。父と兄への反発心から我流ではあるが武芸の鍛錬をしてきた右近だ。腕っ節がものをいう盛り場で喧嘩を繰り返し、たちまちにして地回りを束ねるまでになった。

以来、今日まで十年の歳月が流れた。

その十年の思いを景山柿右衛門によって呼び覚まされた。

父と兄を見返してやりたい。

左京以上の八丁堀同心になってやる。

そんな気持ちがふつふつと湧いてきた。と、そんな思いに駆られていると、

「親分、どうです」

牛太郎が蜆肉飯《しじみめし》を持って来た。蜆の身を酒や醤油《しょうゆ》で味付けし、漉《こ》した煮汁と水で飯と一緒に炊《た》く。炊き上がったら鰹節《かつおぶし》を削って炒《い》ったものを飯にからめて食べる。右近の好物だ。

「おお、すまねえな」

右近は笑みをこぼし熱々の蜆肉飯を頬張った。蜆の身にもしっかりと味が染み込み、飯との相性は抜群だ。飲んだ後でそれほど空腹を感じていなかったが、一口食べると止まらなくなった。顔を上げることなく平らげると、

「替わりを持って来ますよ」

牛太郎は腰を浮かせたが、

「いや、もう十分だ。うまかったぜ。おめえがこさえる飯が一番だな」

右近の物言いはどこか寂しげだ。

「もう、七年になりますかね、親分と知り合って。相撲取りになろうと思って上州《じょうしゅう》から出て来たが、どこの相撲部屋にも入れなかった。あっしは両国西広小路で大喧嘩をした。やくざ者に牛だとか田舎者だとか馬鹿にされて頭に血が上った。するともう、見境がなくなってしまった。誰彼なくぶん殴り、投げ飛ばし、やりたい放題だった。そこへ、親分が来なすった。親分には歯が立たなかった。あっさり叩きのめされ

ちまった。親分はその力、無駄に使うんじゃねえって優しく言ってくれた。あっしと取っ組み合った時はまさに夜叉のような怖い顔をなすっていたが、喧嘩が済めばまるで仏さまのように穏やかだった。あっしは惚《ほ》れた。この人の下で働きたいと思った」

牛太郎は遠くを見るような目になった。右近は鼻を鳴らし、

「どうした、そんな昔話なんかして」

牛太郎は俯《うつむ》いた。右近は黙って牛太郎の言葉を待った。しばらく沈黙が続いた後、牛太郎はがばっと顔を上げた。

「親分、八丁堀同心になるってことに心を動かされているんじゃないですか」

牛太郎の様子からそう聞かれることは予想していたが、面と向かって問いかけられるとつい口ごもった。それが、牛太郎の疑念を深めたようで、

「やはり、そうですかい」

と、寂しそうに下を向いた。

「馬鹿、そんなこと思うはずねえだろう」

右近は苦笑を洩らした。

「親分、いつかあっしに話してくださったお父上や兄上への無念の思い、よくわかりますよ。あっしも若い者も親分の世話になってきました。どうか、ご自分がやりてえ

ことをなすってください」

「…………」

右近は牛太郎から顔をそむけた。

「親分、八丁堀同心になってお父上やお兄上を見返したいんでしょ。親分のご気性ならきっとそう思うに違いない。いいですよ。思い切っておなりなさい。地回りの親分が八丁堀の旦那とは面白いや。いかにも夜叉の親分らしいですよ」

右近は牛太郎に向き直った。

「おめえ、本心からそう言ってくれてるのか」

「あたりまえですよ」

「おれの我儘《わがまま》を聞いてくれるのか」

「はい」

「本当だな」

「親分にしちゃあ、ぐずぐずしてますね」

「すまねえ」

右近は頭を下げた。

「やめてください。頭を上げなすって」

牛太郎に促され右近は顔を上げた。

「若い者の面倒を見てやってくれ」

「任せてください。でも、夜叉の家の主は右近親分だ。あっしは、あくまで預かるだけですからね」

「おめえが、親分になればいいんだ。勝手に裁量をすればいいさ」

「いいえ、これだけはあっしの考えを通させてください。あっしはあくまで若頭です」

牛太郎は朗らかに笑った。

こうして右近は景山柿右衛門から百両で御家人株を買い養子になった。その間、柿右衛門の奔走にもかかわらず、半年を要したが、ともかく南町奉行所に出仕することになった。

南町奉行所定町廻り同心景山右近の誕生である。

第二章　下っ引殺し

一

半年が過ぎた。

弘化《こうか》二年（一八四五）、八月十五日。中秋の名月、十五夜の日を迎え、残暑厳しかった江戸にようやく秋らしい風が吹き始めた朝、神田川に架かる新し橋《あたらばし》の橋脚で一体の亡骸《なきがら》が発見された。亡骸は神田白壁町に住む鳶職《とびしょく》門太で、めった刺しにされていることから一目で殺しとわかった。門太という男、ただの鳶職ではない。文蔵という岡っ引の下っ引をやっていた。

やって来たのは北町奉行所定町廻り同心里見左京、従うのは岡っ引文蔵である。左京と文蔵が現場に駆けつけた時には亡骸は神田川の河岸《かわぎし》に寝かせられ、筵《むしろ》が被《かぶ》されていた。

朝五つ（午前八時頃）だが周囲には大勢の人間がたむろしている。物見高い江戸っ子でなくても、殺しとなれば人々の興味をそそる。朝方ゆえ、一仕事終えた棒手振《ぼてふ》りの魚売りや野菜売りやお使い途中の商家の小僧などといった連中が、出入り先や自分の奉公先での話題にするのだろう。新し橋や河岸の上からおっかなびっくり首を伸ばしている。

そんな野次馬たちを近くの自身番《じしんばん》に詰める町役人たちが見世物ではない、通行の邪魔だと遠ざけている。

河岸にやって来た文蔵は扇状に群がる野次馬たちを掻き分けた。といっても決して乱暴ではなく軽く背中を叩いて行く。

「退《ど》いた、退いた、見世物じゃねえぜ」

声をかけられた連中はむっとしながらも、文蔵の手にある十手《じって》、穏やかな物言いながらぞっとするような暗い眼差しに射《い》すくめられると言葉もなく道を開ける。五尺そこそこの文蔵だが野次馬の中に紛《まぎ》れてもその存在感は抜群だった。道が開いたところで、左京が悠然と歩いて来る。文蔵はいかにも左京の露払いの役割を果したかのように丁寧に頭を下げた。

左京の、黒紋付の裾の端を帯に挟むという八丁堀同心特有の巻き羽織にした身だしなみには寸分の隙《すき》もなく、小銀杏に結った髷は秋光に艶《つや》めいていた。文蔵の露払いが功を奏し、野次馬たちに無言の威圧を与えている。

左京はぴんと背筋を伸ばし大股で岸に下り、亡骸の横に立った。文蔵は亡骸の横に屈《かが》み、左京を見上げ筵を捲ることを目で合図する。左京は軽く顎《あご》を引いた。文蔵は筵に手をかけた。野次馬連中は目をそむけたものの、そこは怖いもの見たさ、横目で見る者、顔を両手で覆いながらも指の隙間から覗《のぞ》く者、各々のやり方で視線を向けてくる。

筵が捲り上げられた。

「ひえ！」

たちまちにして野次馬の間から悲鳴が上がる。

門太の亡骸は凄惨《せいさん》を極めていた。

黒地無紋の袷は帯が解け、下帯が丸出しになっている。顔、喉、さらには胸、腹に至るまで赤黒く染まり、多くの刺し傷が残っていた。左京は眉一つ動かさず無表情で屈む。

左京と文蔵は両手を合わせ、まずは門太の冥福を祈った。祈り終えると文蔵が刺し傷を数えた。

　野次馬は惨《むご》たらしい亡骸を目の当たりにし、潮が引くように現場からいなくなった。文蔵はそんな野次馬たちを嘲《あざけ》るように鼻を鳴らした。

「全部で十三ヵ所、この喉笛のと胸のが深い、致命傷でしょうね」

「そのようだな」

「恨《うら》みですかね」

　文蔵は門太の袂《たもと》から巾着《きんちゃく》を取り出した。神田川の水をたっぷり含んだ巾着はわかめのようだ。物盗りではないということを左京に示すと左京も軽くうなずき、

「そのようだな。怨恨《えんこん》の線で探るか」

「そうしやす。門太って野郎、相当に恨みを買っているような奴でしたからね。下っ引をいいことに強請《ゆす》りたかりをやっておったようです。あっしの目配りが足りやせんでした。必ず、この十手にかけやして下手人をお縄にしてみせやす」

「おまえの責任ばかりじゃない。おまえは父の代から役に立ってくれているのだ。これはわたしの御用である。なんとしてもわたしの手で下手人を挙げる」

　左京は固い決意を示すように唇をへの字に引き結んだ。文蔵は町役人に門太の亡骸を自身番に運ぶよう依頼した。

「聞き込みだな」

左京は気を引き締めるように頬を打った。文蔵は町役人の一人に、

「これまでで、わかっていることをお話しくだせえ」

丁寧な物言いで尋ねた。

町役人の証言で判明したのは次のことだった。

門太の亡骸を見つけたのは新し橋を通りかかった棒手振りの納豆売りだった。まだ、夜が明けやらぬ白々明けの七つ半（午前五時頃）に橋脚に引っかかるものがある。岸から天秤棒《てんびんぼう》で突くと死体とわかった。

他にも木戸番や通りかかった者たちの証言により、昨晩の夜四つ（午後十時頃）までは亡骸はなかったことが確認されていることから、それ以降、明け方までの間に門太は殺されたということになる。

「殺された場所だが」

左京は柳原《やなぎわら》土手を見上げた。神田川は新し橋を境に東は柳橋《やなぎばし》を経て大川に注ぎ、西は神田方面だ。門太の亡骸は新し橋の西側で発見された。

「新し橋よりも神田寄りということになりやすね。土手か橋の上で殺され突き落とされたんでしょう」

「夜《よ》鷹《たか》の仕業か」

左京はぽつりと言った。柳原土手は夜が更けると夜鷹が出没し春をひさいでいる。

「下手人は夜鷹と決め付けられやせんが、夜鷹が何か見たかもしれやせんね」

「この辺りを仕切っている夜鷹の頭は誰だ」

「薬研堀のしもた屋に住んでいるお恵《けい》って女ですよ」

「よし、行くぞ」

「あっし一人で行ってきやすぜ」

「そうはいかん」

「左京さまが行くような所じゃござんせんや。お身が穢《けが》れやすぜ」

文蔵はかぶりを振る。

「馬鹿なことを申せ。八丁堀同心といえば、不浄役人と蔑まれておる身だ。穢れなんぞ気にしておられるか」

文蔵はおやっという表情を浮かべた。左京がこんなことを言い出すとは思ってもいなかった。これまで、やくざ者、夜鷹、女郎といった連中への聞き込みは専《もっぱ》ら文蔵が行ってきた。父正一郎の代からそうしてきたし、そのことに不満を抱いていない。むしろ、それは自分を買ってくれてのことだとも思っている。それが今日の左京はどうしたというのだ。

　左京は文蔵の心の動きを微妙に察知したのか、

「いつまでも汚れ仕事をおまえに任せるつもりはない」

「どうなすったんです」

「どうもしない。わたしの考えで行う」

「お言葉ですが、人には得手《えて》、不得手がございやす。左京さまは、夜鷹と口を利かれたことがありやすか」

「ない」

「一癖も二癖もある連中ですよ」

「かまわん。誰にでも初めての試みというものはある」

「それはそうですが」

「と、申しても意固地になるつもりはない。おまえと同道し共に聞き込みを学ぶつもりだ」

　と、早々に河岸を引き上げた。

　文蔵は左京の行いに首を捻りながらも頼られることの喜びを胸に、急ぎ足で案内に立った。

薬研堀は両国西広小路の盛り場を抜け、大川沿いに南に下った所である。漢方を粉にするのに使う薬研に似た形をしていることからこう名付けられた。文蔵の案内で左京はお恵の家にやって来た。しもた屋である。格子戸には心張り棒が掛けてあり、びくともしない。文蔵は格子戸をがんがんと叩き、

「開けな」

と、大声で怒鳴る。

何度も叩き怒鳴っている内に格子戸の向こうから、

「そんなにがんがん叩かないでおくれな」

いかにもくたびれたような声がした。

「すまねえな、神田白壁町の文蔵だ。朝っぱらからすまねえが、ちょいと開けてくんな」

「白壁町の親分さんかい、しょうがないね」

格子戸が開いた。

女があくびを噛み殺しながら立っている。五十前後の女だ。ところどころ白粉の剝がれた顔は滑稽《こっけい》であり、もの悲しくもあった。お恵は安酒を飲みすぎたのか、化粧と

酒の匂いが混ざり合ったなんとも不快な匂いを漂わせていた。

お恵はちらりと左京を見た。怪訝《けげん》な表情を浮かべている。

「夜叉の親分……ですか」

たちまち左京の顔が歪んだ。右近と間違われたことがよほど不愉快のようだ。

「こちら、北町の里見さまだ」

「ああ、聞いたことありますよ。親分の双子の兄さんだ」

お恵は何がおかしいのかけたけたと笑った。左京は横を向き唇を噛んだ。

「笑い話じゃないんだ。ちと、話が聞きたくてな」

文蔵の厳しい物言いに、

「なんにも悪いことなんかしてやしませんからね」

お恵の尖った物言いは寝込みを襲われたことの不愉快さだけではなく、町方の役人に対する嫌悪感が感じられた。

「入っておくんなさいな。でもね、まだ、寝ている連中がいますんでそっとですよ。なにせ、こちとら夜っぴて仕事なんでね」

お恵は二人へのあてつけのように大きなあくびをした。臭い息が流れ左京は顔を背けた。文蔵は十手を抜き、

「てめえ、調子に乗るんじゃねえぜ。なんだったら、溝《どぶ》さらいをしてもいいんだぞ」

それは凄みのある声を出した。溝さらいとは町奉行所が時折行う夜鷹の摘発である。日頃は目こぼしをしているが、時に見せしめのために行う。

お恵は苦笑を洩らし、

「わかりましたよ。まあ、上がっておくんなさいな。朝早いんで茶も出せませんけどね」

精一杯の皮肉のつもりのようだ。

「何もいらねえよ」

文蔵は鼻で笑った。

お恵は左京と文蔵を連れて奥に入った。襖《ふすま》が取り払われ十五畳の座敷になっている。そこに床が延べられ夜鷹と思われる女が十人ばかり雑魚寝《ざこね》をしていた。

「すんませんね、こんなにだらしなくて」

お恵は左京に言う。

「気にするな」

左京は雑魚寝の隙間を見つけ腰を下ろした。こんなところでも正座をし、姿勢を崩さない左京である。

二

一方、景山家の養子すなわち南町奉行所定町廻り同心となった景山右近は意気揚々と町廻りに出ていた。盛り場を中心に回っている。身形こそ縞柄の小袖に黒紋付を巻き羽織にし、十手を手挟《たばさ》んでいるが、髷は八丁堀同心特有の小銀杏に結うということはせず、今まで通りの鯔背銀杏のままだ。鬢はさすがに剃っていた。

・奉行所の中では不満を言うものもいたが、右近は一向に気にすることもなく、大きな顔で勤めている。

今日は久しぶりに両国西広小路に足を伸ばした。矢場に顔を出す。お由紀が太鼓を叩いていたが右近に気がつき、

「親分、じゃなかった、右近さま」

と、あわてて言いつくろって店から出て来た。

「お由紀、どうだ、似合っているか」

右近は羽織の袖を引っ張りくるりと一回転した。

「様になってますよ。立派な八丁堀の旦那です」

「ありがとよ。でもな、なんて言うか窮屈でいけねえや」

「そりゃ、御奉行所のお役人さまなんですからね。夜叉の親分のままというわけにはいきませんよ」

「そりゃそうだ。でもな、ちょいと」

右近は悪戯《いたずら》っぽく片目を瞑《つぶ》ると着物の裾を捲った。裏地が見える。真っ赤な地に絵柄が見えた。

「夜叉の絵柄だ」

お由紀はくすりと笑った。

「これくらいのことをしないとな、窮屈でいけねえよ」

「親分、いや、右近さまらしいわ」

「当たり前だ。たとえ八丁堀同心の格好をしたところで簡単に中身までは変えられないさ」

右近はお由紀と別れ盛り場を見て回った。あちらこちらから声がかかる。みな、右近が八丁堀同心になったことは承知しているが、気さくに親分と声をかけてきた。それが右近にはうれしい。

そうしていると賑わいの中から美濃吉がやって来た。

「いよ、いよ、凄い」

美濃吉は扇子をぱちぱちとさせながら右近に近づいてくる。

「この野郎、調子のいいこと相変わらずだな」

右近は美濃吉の額をぽんと小突《こづ》いた。

「へへへ、親分、すっかり板について」

美濃吉は盛んに右近を誉めそやした。世辞に弱い右近である。

「まあ、とっとけ」

右近は紙入れから一朱金を渡す。

「金回りが悪くなったんだ。我慢しろ」

「十分でげすよ」

美濃吉は顔中ににんまりとさせた。

「何か面白いことないか」

「親分、新し橋の殺しを探索なすっているんじゃないんですか」

「誰が殺されたんだ」

右近は即座に反応した。

「おや、ご存じない」

「知らんな」

「下っ引だそうでげすよ。神田白壁町の文蔵親分の下っ引だそうです。名前は門太とか言うでげすよ」

思い出した。伊之吉にからんでいた男だ。すると伊之吉のことが気にかかる。門太が殺されたからといって伊之吉が関わっていると思うのはいかにも早計だが、せっかくここまで来たのだ。顔を見ていくか。

そう思い、西広小路の雑踏の中を伊之吉が番をしている金魚掬《すく》いの店に向かった。何人かの子供たちが歓声を上げて金魚を掬っている。ところが伊之吉の姿はない。代わりに牛太郎の巨体があった。

大きな身体で金魚掬いの番をしているその姿は微笑《ほほえ》ましいが滑稽でもある。それを見ていると自然と笑い声が起きた。牛太郎はすぐに右近に気がつき、

「親分」

と、困った顔で見上げた。

「一つくれ」

右近もびた銭を渡してポイと小さな椀《わん》を受け取りしゃがんだ。

「伊之吉の奴、どうしたんだ」

出目金に狙いをつけてポイを水槽に突っ込む。

「怪我したんでさあ」

「深手か」

「深手ってほどじゃありませんがね、昨日の夜でした。湯屋に行くって言って出て行ったんですがね、なんでも新し橋で転んだそうで、顔の腫《は》れがひどくて、何せ、子供相手の商売ですからね。そのままここに出したら、子供が怖がるって思いましてね」

「子供が怖がる……。おめえだって子供が怖がるんじゃねえか」

「また、そんなことを。ご覧の通り大勢の子供が集まっているんですぜ」

牛太郎はいかにも不満顔をして見せた。それから、

「みんな怖くないよな」

牛太郎は気さくに声をかける。子供たちは大したはしゃぎようである。

「ちょいと見舞いでもしてくるか」

右近は腰を上げると夜叉の家がある薬研堀に向かった。

薬研堀にやって来ると、

「ああ」

思わず声を出してしまった。

目の前にあるしもた屋から左京と文蔵が出て来た。左京の方でも右近に気がついた。

「どうしてここにおるのだ」

左京は感情を押し殺したような太い声を腹から絞り出した。

「これは、兄上、わたくしも町廻りの途中でございます」

その馬鹿丁寧な物言いは却《かえ》って左京の神経を逆撫《さかな》でしたようで、顔をしかめ押し黙ってしまった。

そこで右近は文蔵をちらりと見て、

「おまえの下っ引が殺されたそうじゃないか」

「へい」

文蔵は上目遣いになった。

「一度見かけたぜ。目つきの悪い強欲そうな男だったよ。誰かの恨みを買っていたとしても不思議じゃない」

右近の言葉を無視し左京はその場を去ろうと歩き出す。ついて行こうとする文蔵に
右近は、

「どうなんだよ」

「今、下手人を探索しておるところですよ」

文蔵は軽く頭を下げ左京を追いかけた。

「同じ職に就いても兄貴とは肌が合わないな」

右近はそう言い捨てて夜叉の家へと急いだ。途中、土産に黄粉餅《きなこもち》を買い家に入ると、長屋に足を向ける。伊之吉の家の前に立ち、

「入るぜ」

と、声をかけて引き戸を開けた。伊之吉は布団に横たわっていたが右近の姿を見るとあわてて上半身を起こした。

「おお、いい色じゃねえか」

伊之吉は目の周りが紫色に腫れ上がっている。

「面目ねえこって」

「なんだ、喧嘩か」

牛太郎から橋の上で転んだと聞いていたが、敢えて問いかけた。

「いえ、夜道を急ぎまして新し橋で転んでしまったんです。まったく、どじな話で」

「でも、ゆんべは小望月《こもちづき》がきれいに浮かんでいたぜ」

右近は天井を見上げた。

「そ、そうなんですがね、それでも、暗がりを急ぎましたもんで、つい」

「おれに隠し立てはよせ。喧嘩だろ」

右近に突っ込まれ、

「ええ、まあ」

と、うなだれた。

「相手は誰だ」

「見知らぬ男でございます」

「やくざ者か」

「多分、そうじゃねえかと思います」

「姿形は覚えていないのか」

「はい」

「相手に遠慮しているんじゃねえか」

「そんなことありませんよ。本当に行きがかりです。肩が当たった当たらないで揉《も》めて、あっしもつい粋がってしまいましてね、しなくてもいい喧嘩沙汰になったってわけでして」

「何処でだ」

「新し橋の上です」

「ほう、新し橋の上なあ」

右近は小首を傾《かし》げる。

「本当です」

伊之吉は言葉を強める余り、顔の傷が痛んだようでたちまち顔を歪ませた。

「もういい。無理をするんじゃねえ。腫れが引くまで大人しくしているんだな」

「すみません、みっともないこって」

「なら、これ、置いておくぜ」

右近は竹の皮に入った黄粉餅を枕元に置いた。

「すんません、親分」

伊之吉はぺこりと頭を下げた。

「ところで、おめえ、身内はいねえのか」

伊之吉は視線を落とした。

「どうした」

「いえ、はっきりとはわからねえんですが、おっかあがいるんです」

「国許にか。確か安房《あわ》だったな」

「江戸にいるんです」

「なら、早く会いに行けよ」

「ええ、そうなんですがね」

伊之吉ははっきりとしない。

「なんだ、それも話してくれねえのか。おれもずいぶんとみくびられたもんだな。まあ、もっとも、おまえらを捨てて八丁堀同心なんかになっちまうような親分だ。それも仕方ねえか」

右近は薄く笑った。

「決してそんなことはございませんよ」

伊之吉の表情を見れば、何か事情がありそうだ。それを今すぐには言わないだろう。今日のところは帰るのがよさそうだ。

「なら、大事にな」

「親分、本当にありがとうございます」

伊之吉はぺこぺこと頭を下げた。

三

左京と文蔵は両国西広小路に向かった。左京は押し黙っている。

「右近さま、町廻りをなすっているんですね」

「知らん」

その不機嫌な物言いは左京には珍しいことだ。

「ははあ」

文蔵はにんまりとした。

「なんだ」

左京は厳しい目をした。

「右近さまを意識なすっているんでしょう」

「あいつを意識したことなどない。十年前に家を出たのだぞ、そんな男、弟といえるか」

「そんなもんですかね」

「そんなことより、お恵の家にいた夜鷹どもの証言で浮かび上がった男」

「新し橋の上で門太と言い争いをしていたという男ですね。西広小路の往来で金魚掬いの店番をやっているとのことでしたが」

「そうだ。そいつを捕まえないとな」

「わかっております」

文蔵も足を速めた。

左京は口をへの字にして往来を行った。二人は人込みを掻き分け、金魚掬いの屋台に至った。

「あいつか」

左京はいぶかしんだ。夜鷹の話では小柄な男ということだった。今、店番をしているのは相撲取りかと見間違うほどの大男である。

「ちょいと聞きたいんだがな」

文蔵が声をかけると牛太郎は顔を上げ左京を見て、

「親分、どうしなすった……」

と、声をかけてから右近ではないことに気がつき口をもごもごとさせた。左京は不愉快に頬を引《ひ》き攣《つ》らせた。右近と間違われたことに気がついたようだ。

「ここの店番、おめえがずっとやっているのかい」

文蔵が聞いた。

「いつもやらしている男が怪我をしましたもんでね」

「するってえと、普段はなんて男がやっているんだ」

「伊之吉って男ですけど、どうかしたんですかい」

牛太郎は落ち着いていた。

「ちょいと、御用の筋ってことだ」

文蔵は羽織を捲った。ちらりと十手を見せる。

「代わってあっしが聞きましょうか」

牛太郎は腰を上げた。文蔵が見上げるような大男だ。陽光を背中に受けた牛太郎は陰を作り、己の姿を真っ黒に見せている。

「おまえに用はない」

左京は厳しい声を出した。

「伊之吉の居所を教えてくれるだけでいい。商いの邪魔はしないさ。こっちで、足を運ぶぜ」

文蔵は断固として引かない強い意志を、その底なし沼のような瞳に込めた。

「わかりました」

牛太郎は物怖《ものお》じしないで返すと、右近が住んでいた家を教えた。

「ついでに申しますと、そこは右近さまが住んでおられた家です」

すると左京は鼻で笑った。

「すまねえな」

文蔵が言うと、左京はさっさと踵《きびす》を返した。

「薬研堀ならちょうどいい。先ほどの夜鷹を連れて行き、伊之吉に間違いないか証言させよう」

「それはいい考えですね」

文蔵が言った時、

「いよ、いよ、またお会いしましたね」

などと、扇子をぱちぱちやりながら美濃吉がやって来た。

「あっちへ行け」

左京は顔をしかめた。

美濃吉はおやっとした顔になったがすぐに自分の間違いに気がついた。

「こら失礼しやした。あんまり似ていらっしゃるもんで」

美濃吉はぺこりと頭を下げ人込みに紛れた。

「ふん、右近の奴、ろくな暮らしをしておらなかったのがよくわかる」

左京は醜《みにく》いものでも見るように顔を歪めた。

「行きやしょう」

文蔵は宥《なだ》めるように言うと先に歩き出した。するとまたも、

「夜叉の親分、じゃなくて右近さま」

と、声がかかった。左京はうんざりしたように声の方を見た。矢場に娘が立っている。左京は知る由もないがお由紀である。お由紀はすぐに自分の間違いに気がついた。

「すみません」

ぺこんと頭を下げる。

左京はしばらくお由紀の顔を見ていた。黙って立ち尽くす左京を怒っていると思ったのだろう、

「申し訳ございません。ご無礼申し上げました」

お由紀はもう一度頭を下げた。

「いや、いい」

左京は我に返ったようにつぶやくと歩き出した。左京の脳裏にお由紀の爽やかな笑

顔が秋晴れの空と共に深く刻まれた。

文蔵は急ぎ足で薬研堀に戻ると、証言した夜鷹お隅《すみ》をお恵の家から連れ出した。お隅はくたびれた顔でだらだらと歩き出した。

「ここですぜ」

文蔵は足を踏み入れた。

若者が数人で敷地内を清掃している。みな、明るい顔で働いていた。その内の一人から伊之吉の長屋を聞き出し文蔵と左京は伊之吉の家の前に立った。

「伊之吉、邪魔するぜ」

文蔵が声をかけ引き戸を開けた。

「あの」

伊之吉は布団から起きて来た。

文蔵はお隅を振り返り、

「こいつか」

と、囁《ささや》いた。

お隅はしばらく伊之吉の顔を見ていたが、

「そうです。昨晩《きのう》の男ですよ」

と、きっぱりと言った。

「やはりか」

文蔵は左京を見た。左京はうなずき部屋に上がった。伊之吉は後ずさりした。左京は伊之吉の前に立ち、

「おまえ、昨晩四つ（午後十時頃）、門太と言い争っていたな」

伊之吉は泡を食ったように、

「そんなことはしておりません」

と、言ったものの、

「だったら、その傷はどうした」

左京は冷然と言い放つ。

「これは、自分で柱にぶつけたんですよ」

伊之吉はしどろもどろになった。

「馬鹿なことを言うんじゃねえ」

文蔵が怒鳴りつけた。伊之吉はしゅんとなった。それから、しげしげと伊之吉の顔を見て、

「顔が紫になっていやがるから気がつかなかったが、よく見れば、房州の助五郎の使

い走りをしていた伊之吉じゃねえか」

「そうだ。間違いないな」

左京も目を激しくしばたたいた。

「いえ」

伊之吉は防衛本能から反射的に否定したが、

「惚《とぼ》けるな」

文蔵に一喝され素直に認めた。

「そういうことか」

文蔵は思わせぶりな笑みを送る。左京もうなずいた。

「てめえ、門太と揉めてやがったな」

「そんなことござんせん」

「番屋で話を聞くぜ」

文蔵は左京を見た。左京はうなずく。文蔵は伊之吉に縄を打った。伊之吉は抵抗することなく従った。

「これで落着ですね」

文蔵は言ったが、

「落着とはこいつに罪を償《つぐな》わせた時だ」

冷静に返すのがいかにも左京らしい。

文蔵は強くうなずくと伊之吉を引っ立てた。

「こら、早くしろい」

文蔵は怒鳴りつける。伊之吉は抗《あらが》う気力も失せたのか目がうつろとなったまま引き立てられた。掃除をしていた若い者は手を止め、口々に伊之吉が捕縛されたことの疑念や驚きを言い立てたが、文蔵に睨《にら》まれると黙り込んでお互いの顔を見合わせた。

左京と文蔵が伊之吉を引き立てて行くのを美濃吉が見ていた。

「これは、大変でげすよ」

美濃吉は呟くと、一目散に西広小路の雑踏を人とぶつかり罵声《ばせい》を浴びながら走って行った。

四

右近は一日の町廻りを終え数寄屋橋《すきやばし》御門内にある南町奉行所に戻った。

町奉行は役高三千石の旗本の身分であるが、格式は五万石以下の譜代大名並みを与えられていた。したがって、奉行所の表門は番所櫓《やぐら》の付いた黒渋塗り、白海鼠《しろなまこ》壁《かべ》のいわゆる長屋門である。しかし、町人の訴えを聞く役所であることから、大名屋敷のようないかめしさはなく、海鼠が細めのものにしてあるため、優しい柔らかみを感じさせている。

右近は開け放たれた長屋門から中に入ろうとしたが番士から、

「景山さま、そこは」

と、困ったような顔で声をかけられた。

そうだった。

長屋門を出入りしていいのは奉行、もしくは捕物出役をする時だけである。他の者たちは長屋門横の潜り戸から出入りしなければならない。

「そうだったな」

右近とて事を荒立てようとは思わない。これだから、宮仕えはいやだ。堅苦しくていけないという不満を腹の中に仕舞い、奉行所の中に入るとすぐ脇にある同心詰所に向かった。

同心詰所は土間に縁台が並べられただけの殺風景な場所だ。定町廻りや臨時廻りの同心たちが詰めている。

中に入ると何人かの同僚たちが顔を向けてきた。

「いよ!」

右近は親しみを込めて右手を上げたが誰もが視線をそらし、相手にしてくれる者はいない。それでも、筆頭同心の種田五郎兵衛《たねだごろべえ》だけは、

「異常なかったか」

と、声をかけてくれた。四十前後で小太り、狸《たぬき》のような顔をしてお人好しで通っている。

「異常ありません、平穏な一日でした、と言いたいところですが、門太って下っ引が殺されました」

右近は詰所中に響き渡るような声を放った。同僚たちが視線を向けてきたが、

「そのことなら聞いた。北町の里見殿が探索に当たり、すぐに下手人を挙げたそうだ。景山の兄だな」

「早々にですか」

「今もさすがは里見殿だと評判していたところだ」

「下手人は何者ですか」

「はっきりとはわからんが、薬研堀に住まう無宿人のようだ。門太と喧嘩していたと

ころを夜鷹が目撃している」

「ふ～ん、誰だろうな」

思案を巡らすと種田に羽織の袖を引かれ、

「ちょっと、来い」

と、詰所の外に連れ出された。

「なんですよ」

「その、なんだ、言い辛いことなのだがな」

「ならば、申されないほうがよろしいですな」

右近はからからと笑った。

「そういうわけにはいかんのだ。おまえのその髷、奉行所内で評判になっておる」

種田は右近の髷に視線を向けた。

「そんなに評判ですか。そらそうだろうな。自慢の髷だ。鯔背銀杏ですからね。言っときますが、この髷を結うのは大変なんですよ。今でもわざわざ両国から馴染みの廻り髪結いを呼んで結わせているんですから。銭がかかっているんです」

右近は気分良く言ったが種田は苦い顔で、

「違う。評判がいいんじゃなくて、悪いんだ」

右近にすれば心外この上ない。

「なんだあの髷は、あれで町廻りをされたんじゃ、八丁堀同心の評判が落ちる、という声が後を絶たん。与力さま方からもお叱りを受けた。おまえはどんな指導をしておるのだとな」

「与力さまがそんなことを言うのですか」

「おまえの髷は奉行所で浮いている」

「それは気がつかなかったな」

「だから、なんとかしろ」

種田は懇願口調になった。

「お言葉ですが、こんな髷を結っているのは何も格好ばかりを気にしているわけではないのですよ」

「何だ」

「兄貴ですよ。種田さまもご存じのようにわたしと兄貴は双子です。わたしの目から見ても、それはそっくり。いえ、瓜二つです。そんな二人が八丁堀同心をやっている。たとえ北と南に分かれているとはいえ、町廻りの途中でばったり会うということもある。関わりになる町人たちも出てくるでしょう。そんな時、ややこしいでしょう」

「見分けがつくようにということだな」

「そういうことです」

右近は胸を張った。

種田はしばらく右近の髷を眺めていたが、

「鯔背はまずい。せめて、普通の武者髷にしろ。小銀杏に結うことはあるまい。な、それで手を打ってくれ」

種田は拝まんばかりだ。

「筆頭同心たる種田さまがそれほどおっしゃるのなら、そうしますが、奉行所とはいやはや」

窮屈な所ですねという言葉を口の中に飲み込んだ。

「なら、頼んだぞ」

種田は右近が承諾したことでやれやれと肩の荷を降ろしたように安堵の表情を浮かべ、詰所に戻った。

「くだらねえ」

右近は髷に手をやった。

月代を撫でていく夕風が薄ら寒くなり秋の訪れを実感できた。

「今夜は中秋の名月だ。月見酒でもするか」

同僚たちが楽しげに語らいながらどやどやと出て来た。それを右近はぼんやりと見送った。


左京と文蔵は伊之吉を南茅場町《みなみかやばちょう》の大番屋に引き立てた。吟味は大番屋で行われ、容疑が固まると小伝馬町《こでんまちょう》の牢屋敷へと移される。そして、奉行所のお白州で裁許を申し渡される。十両盗めば首が飛ぶ、と言われるこの時代だ。人を殺したとなれば死罪は免れない。

江戸市中を引き回され、小塚原《こづかっぱら》か鈴ヶ森《すずがもり》の刑場で打ち首にされ、首は獄門台に晒《さら》されるという次第だ。

大番屋の前には木柵で囲んだ砂地があり、そこに突棒《つくぼう》、刺股《さすまた》、袖搦《そでがらみ》といった捕物道具が大仰に立てかけられている。それを見ただけで気の弱い者などは怖《お》じ気《け》づいてしまうだろう。

「さあ、入れ。おめえは二度目だから怖じ気づくことはあるめえ」

文蔵は伊之吉の縄を持ったまま玄関から大番屋の中に突き出すように伊之吉を入れた。小者が何人かこちらに向いた。左京を見て頭を下げる。小者の一人が、

「すぐに茶を淹《い》れます」

と、言ったが、

「無用だ。取調べが先だ」

左京は無表情に言い、土間から板敷きに上がった。文蔵は土間に伊之吉を座らせた。縄を持ったまま伊之吉の脇に控える。

左京は板敷きに正座した。目元を僅かに厳しくしたが、表情を変えることなく淡々とした口調で言う。

「無宿人伊之吉、その方、神田白壁町の文蔵の下っ引門太を殺害したとの疑いがある。正直に申せ」

伊之吉はかっと両目を見開き、

「相違ございません」

と、はっきりと答えた。

文蔵がおやっとした顔になった。伊之吉が思いもかけずあっさりと罪を認めたことが意外なのだろう。

「認めるのだな」

左京は表情を動かすことなく念押しをした。伊之吉が首を縦に振るのを確かめてから、背後を振り返り文机《ふづくえ》の前に座る書役《かきやく》を見る。ちゃんと調書に書き留めているだろうなという目つきだ。書役は無言でうなずく。それを確認してから、

「ならば、殺すに至った経緯を述べろ」

「へい」

伊之吉は昨晩、柳原にある湯屋に行った帰り、新し橋に差し掛かったところで門太と肩がぶつかったのだという。

「わたしは謝ったのです。ですが、門太さんは許してくれませんでした。それで、揉めだしまして、ついかっとなって橋の上で刺し殺してしまったのです」

伊之吉は怖気《おぞけ》を震《ふる》った。

「刃物はどうした」

「匕首《あいくち》を使いました」

「匕首を持っておったのか」

「はい」

「どうして、匕首などを持ち歩いておる」

「身を守るためです」

「誰かに狙われているのか」

「そういうわけではございませんが、物騒な世の中ですし、夜道を行くということもございまして」

「それで、その匕首はどうした」

「新し橋から神田川に投げ捨てました」

ここで左京は文蔵を見た。文蔵は左京の意図を察し、

「明日にでも川をさらいます」

左京はうなずくと伊之吉に向き直り、

「刺し傷は十三もあった。おそらく、門太は抗《あらが》うこともできずにされるがままになっていたのだろう。抗うこともできない門太を何故そこまで刺し続けた」

「無我夢中でございました」

「よほど恨みがあったのではないのか」

「恨みなどはございません」

伊之吉はうなだれる。

「面《おもて》を上げろ。わたしの顔を見て返答を致せ」

伊之吉は顔を上げた。右目の腫れは紫に黒みがかかり、なんとも不気味な形相となっていた。男と女の違いはあるが「東海道四谷怪談」のお岩のようだ。

「恨みがあったのではないか」

左京は問いを繰り返した。

「いいえ」

伊之吉は首を横に振る。

「では、何故、門太を殺したのだ」

「ですから、肩がぶつかって揉めるに従いまして激情に駆られたのでございます」

「そんなことであのようにめった刺しをするものか」

「はい」

「嘘を申すな」

左京は厳しい声を放った。

「他に理由はございません」

伊之吉は首を横に振った。

左京の表情が曇った。

五

「本当のことを申せ」

左京はあくまで冷静に問いを重ねる。

「本当のことを申し上げております」

「嘘だ」

左京の声が上ずった。こめかみがぴくぴくと動き顔色は蒼ざめている。肩が微妙に震えて目が充血した。

文蔵は危ぶんだ。よくない兆候である。左京は己が正しいと思ったことをどこまでも貫く信念の持ち主である。同心としてはまさにあっぱれなことで、父正一郎からもそうあるべきだと教えられ、それを実践してきた賜物《たまもの》だ。だが、信念を貫くが余り、思うようにならないと押さえに押さえていた感情があふれ出てしまう。そうなると、必死で己を抑制しようとする気持ちと己が正しいと思う信念とがせめぎあい、感情の抑制が効かなくなる。

あれは二年前のことだった。

　左京は文蔵と町廻りの途中、上野池之端《うえのいけのはた》の岡場所から袖の下を受け取っている年配の同心を見かけた。同心は手入れの情報を洩らすことと引き換えにいくらかの金を受け取っていた。左京はその同心を問い質《ただ》した。同心は袖の下を受け取ることくらい自分一人がやっているのではないし、岡場所の連中と付き合うことで得られる情報もある、言ってみれば必要悪だと開き直った。さらには、そのことを不正と嫌う左京を若輩者《はいもの》と蔑《じゃく》んだ。

　左京は許せなかった。文蔵が止めるのも聞かず、その同心を与力に訴えた。その時の形相たるや顔は蒼ざめ目を真っ赤に充血させ、全身を怒りで震わせながら八丁堀同心の正義を訴えた。あまりの堂々たる訴えぶりに、事を穏便に済ませようとした与力もたじろいだ。

　幸いにも同心は隠居間近であったため、職を辞しても表立っては問題とならなかったが、同心たちの間には不穏な空気が漂い、左京は浮いた存在となった。さすがに左京も口には出さなかったが、自分の行いを冷静さを欠いたものと反省をした。辞職した同心は同僚たちから嫌われていたため、時が経つと左京に対する当たりは柔らかになったが、左京にとっても文蔵にとっても苦い思い出である。

　今まさに左京はそんな兆候を示している。

「一息入れやしょう」

文蔵は左京の返事を待たず、小者に茶を用意するよう頼んだ。左京は唇を噛み必死で感情の爆発を堪《こら》え、文蔵に対しても文句を言わなかった。

小者が茶を左京と文蔵の前に置いた。伊之吉には用意されないことを左京は目に留め、

「この者にも茶を用意してやれ」

小者は意外な顔をした。文蔵が強い眼差しを送り、指示に従うよう促す。これもいかにも左京らしい一面だ。左京は理想を追求するのだ。父正一郎の教え「罪を憎んで人を憎まず」、その精神に従っている。たとえ捕縛した者であっても、罪が確定するまでは最低限の処遇は取り計らうべきだと考えている。

相手に対して面白くない感情を抱いていようとも、慈悲を示すことが御上から十手を預かる同心の行いだと思っているし、そういう自分に酔っているところもある。

文蔵は正一郎から死の床で枕元に呼ばれた。

「左京のことをよろしく頼む」

息も絶え絶えの中、正一郎に遺言された。正一郎は左京を自分の理想とする同心に育てようとした。完璧《かんぺき》な同心である。ところが、完全無比の同心などできるはずはな

い。強い信念を貫く、罪を憎んで人を憎まずの精神、公私の区別を明確にして世俗にまみれない。

そうあれと教育し、左京もそれが正しいのだと邁進《まいしん》してきた。ところが、それが欠点、それ故のもろさというものがある。町方の同心というのは理想だけでは務まらない。時には妥協も必要だ。世俗にまみれることもある。きれいごとだけでは役目は果たせないのだ。そのことがわかっていた正一郎は、文蔵にそれを補ってくれと託したのである。

文蔵は承諾した。

思えば、十五の歳、左官屋の修業をしていた文蔵は先輩たちのいじめに耐え切れず喧嘩をした。親方は文蔵が一方的に悪いと番屋に突き出した。幼くして両親と死に別れた文蔵は頼る者とてなかった。正一郎はそんな文蔵の思いを十分に汲み取って、公平な取調べをしてくれた。

とはいえ、職をなくした文蔵は路頭に迷うことになった。文蔵を正一郎は小者として雇ってくれた。文蔵の正義感と腕っ節の強さ、根性を買ったのである。文蔵は献身的に務め、正一郎が手先として使っていた岡っ引、白壁町の権太《ごんた》に引き取られた。そこで権太の娘お道《みち》と結ばれ、いっぱしの十手持ちとなったのである。文蔵にとって正一郎はまさに命の恩人だった。

左京を補佐することが正一郎への恩返しと心に決めているゆえんである。それに、左京は四角四面ながら仕事熱心なこと右に出る者がなく、自分を信頼し頼ってもくれることがやり甲斐を感じさせる。

左京は文蔵と奥の畳敷きに入った。左京は茶を飲むといくらか表情を和ませた。

「左京さま、これ以上責めたところで伊之吉は吐きやせんぜ」

「吐かせる」

「今日は無理でしょう」

「今日には拘《こだわ》っておらん。あやつが門太を殺した理由を吐くまで待つさ」

左京は茶をまずそうに飲んだ。

「お言葉ですがね、伊之吉が門太殺しの理由を吐こうが吐くまいが、さして大事なことではありやすまい。伊之吉は門太を殺したことを認めているんですよ。これで取調べを終えたって不備じゃねえと思いやすがね」

「そんなことはない」

左京は厳しい顔をした。

「どうしてですか」

「殺しには必ず動機がある。理由もなく人を殺すことはない。気が触れているのなら別だがな」

「ですが、この前、大した理由もなく衝動に駆られて人を殺した浪人がおりやした。殺した相手には恨みどころか、見知ってもいなかったのですよ」

「伊之吉は門太とは面識があった。決して見ず知らずの間柄ではない。そこには、必ず殺してしかるべき理由があったはずだ」

「それはそうかもしれやせんが、たとえどのようなわけがあったとしやしても、人を殺《あや》めれば死罪でございやす。罪が減じられることはございやせん」

「しかしな、それでは調書はどうする。殺しのわけがわからぬでは作成はできん」

左京は一向に譲る気配はない。こうなると厄介である。文蔵が思案を巡らせていると、

「それにな、匕首だ」

「匕首……」

文蔵は他事を考えていたため虚をつかれた。

「伊之吉が門太を刺した匕首だ。新し橋の上から神田川に投げ捨てたと言っていた」

「明日さらうことにしやしたが」

「その匕首を確かめてからでないと、伊之吉の門太殺しは落着せん」

左京はいつになく厳しい顔だ。

「まさか、左京さま。伊之吉の仕業《しわざ》ではないとお考えなのではございやせんか」

「そこまでは思わん。しかし、匕首と動機がはっきりせぬ限り伊之吉の仕業と断定することはできんと申しておるのだ」

「伊之吉は自分がやったと認めておるのですよ」

「それは聞いた」

「どこの世界に、やってもいない殺しを白状する者がおりやしょう」

文蔵は嚙んで含めるように言った。だが、その物言いが左京の癇《かん》に触ったようで、

「そんなことはおまえに言われなくてもわかっておる」

左京はこめかみをぴくぴくと動かした。必死で感情の爆発を押さえ込んでいる。

「こら、あっしの言い方が悪うございやした。左京さまが念には念を入れるというお考えはわかりやす。ですが、今回は伊之吉で間違いないものと思いやす」

文蔵は声を励ました。

左京は息を整えてから、

「三十年、町方の十手を預かっておる文蔵にこんなことを申すのは釈迦に説法だろ

う。だがな、今更ながらわたしの考えを聞いてもらいたい」

と、空咳《からぜき》をひとつこほんとした。

文蔵も正座をし、膝の上に両手を揃えた。

「わたしは町方同心の職務に万全を期したいと思っている。畏《おそ》れ多くも公方《くぼう》さまより預けられし十手にかけて、江戸の町人どもが平穏に暮らせるよう尽くすことが職務だ。江戸の市井《しせい》を騒がし町人どもの暮らしを乱す者は断じて許せない。殺しなどというものは到底許されるものではない。今回、伊之吉は門太を殺したことを認めておる。当然ながらその罪は償わせねばならん」

左京はここで言葉を止めた。聞いているなという目を文蔵に向ける。文蔵はゆっくりとうなずく。

「だがな、万が一伊之吉の仕業でなかったとしたら、無実の者を死罪に処すことになるのだ。これは町方同心としての失態、いや、失態ではすまない。万死に値する。たとえ、伊之吉が無宿人としてもだ。そのようなことがあってはならない。そうであろう」

左京は話している内に、自分の言葉に酔っているかのように頰を赤らめた。

「ご立派なお考えと存じやす」

「わかってくれるな」

「はい」

文蔵としては抗うわけにはいかない。

「ならば、引き続き取調べを行う」

左京は茶を飲み干すと板敷きに戻った。文蔵も続く。茶を飲んだためか伊之吉は幾分か落ち着いた様子だった。

「落ち着いたようだな。ならば、もう一度問うぞ」

左京は再度門太殺しの動機について問い質した。

しかし、伊之吉の口から語られることはなかった。

第三章　心の母

一

右近は自慢の鯔背銀杏を揶揄《やゆ》されたことで胸にわだかまりを抱えながら奉行所を出た。と、数寄屋橋の袂に牛太郎が立っている。

「どうした」

右近は声をかけながら牛太郎を数寄屋橋の端《はし》に誘った。日は西に傾き、御堀の水面が茜色《あかねいろ》の薄日に揺れている。秋の夕べはどこか懐かしく風は艶《つや》めいている。牛太郎は大きな身体には不似合いな小さな声で、

「伊之吉の奴が門太殺しの下手人《げしゅにん》としてお縄になりました」

「なんだと！」

牛太郎の気遣いを無駄にするかのような右近の大声である。牛太郎は辺りを憚《はばか》るように巨体を縮め、

「捕縛したのは」

と、言い辛そうに口ごもった。

「北町の里見左京、早え話が兄貴だな」

「そういうこって」

「あの石頭、何をとち狂っていやがる。で、今、伊之吉は何処の番屋にいるんだ」

「南茅場町の大番屋です」

「本腰入れて取り調べようということか。こうしちゃいられねえな」

「どうなさるんですよ」

「決まっているじゃねえか、伊之の濡れ衣を晴らしてやるんだよ」

「待ってくださいよ。大番屋に乗り込んだら、左京さまと対立することになりますよ」

「そんなことは承知だ」

牛太郎がいくら止めても聞く耳を持つ右近ではない。暮れなずむ江戸の町を夕陽を背に浴びながら、二人は南茅場町へ向け一目散に走る。鯔背銀杏に結った八丁堀同心

が着物の裾をからげて凄い形相で走って行くその姿は異様で、往来に行き交う者たちはあわてて道の端に避難する。

真ん中に大きな空間ができ、そこを右近と牛太郎は物も言わず走り抜けた。

四半時（約三十分）と経たない内に右近は南茅場町の大番屋に着いた。牛太郎を外で待たせておいて勢い良く引き戸を開ける。

「伊之！　いるか」

怒鳴り声と同時に入って行く。

格子窓の隙間から夕陽が差し込み、土間に縄を打たれた伊之吉の姿をぼんやりと浮かび上がらせている。横にいる文蔵の姿も板敷きで威儀を正している左京の姿も茜色に染まっていた。

「親分」

伊之吉は右近を見るなり感に堪《た》えたような声を洩らした。あっけに取られていた左京だったが侵入者が右近と知り、

「貴様、何様のつもりだ」

と、甲走《かんばし》った声を発した。沈着冷静に取調べを進めていた左京の声は上ずり、顔は

どす黒く歪んだ。

「伊之吉は門太を殺してなんかいない」

「おまえには関わりない」

「そんなことはない。こいつはおれが面倒を見てやっていたんだ」

「そうだったな。おまえはやくざ者だった。それが南町の景山殿に取り入り、金で八丁堀同心を買ったんだったな」

左京は声の調子を落とした。それが辛辣《しんらつ》さを増している。

「いくら兄貴だってその言い草はない。一発ぶん殴ってやりたいが、今はやめておく。それより、伊之吉を門太殺しの下手人として捕縛した経緯を聞かせてもらおうか」

右近も努めて気を落ち着かせた。

「おまえに話す筋合いはない」

「話せないのか」

「言葉の意味がわからんのか。話す筋合いはないと申しておるのだ」

左京はそっぽを向いた。

「なら、伊之に聞くまでだ」

右近は伊之吉の前に座った。戸惑ったように視線の定まらない伊之吉に、

「伊之、おまえ門太を殺したのか」

伊之吉は口を閉じたまま首を二度縦に振った。

「嘘だろ」

右近は右手を伊之吉の肩に置き軽く揺さぶる。伊之吉は今度は力なく首を横に振った。二人のやり取りを黙って見ていた左京が、

「本人は認めておるのだ。これで気は済んだだろう。さっさと、出て行け」

右近は土間から左京を見上げ、

「伊之吉はやっていない」

「たわけたことを申すな。これ以上邪魔立てすると南町に断固とした申し入れをすることになるぞ」

「濡れ衣を着せるつもりか」

「濡れ衣かどうか取り調べているところだ。おまえはなんの証《あかし》があって伊之吉が下手人でないと申すのだ」

「勘だ」

「勘？……。ふざけおって」

「ふざけてなんぞいるものか。伊之とは三月余り寝食を共にした。人を殺せるような男ではない」

「わたしは定町廻りになって三年余り。十五の歳で見習いになった頃から数えると十年も八丁堀同心をしている。その間には、とても人を殺すとは思えない男、盗みを働くようには見えない娘が罪人であったのを見てまいった。八丁堀同心になって日の浅いおまえとは違う」

「兄貴は八丁堀同心として、お役人として、町人と接触してきたのだろう。市井に暮らす名もなき者、貧しく、弱き者の心の声など聞いたことはあるまい。伊之吉にしたって、兄貴の目から見れば元は盗人としか映っていないだろう」

「生意気を申しおって」

左京は土間に下り、右近の前に立った。右近は負けじと睨みつける。髷の形を除けばそっくりな二人がにらみ合う姿は不思議な光景だ。

「まあ、ちょっと待っておくんなさい」

堪《たま》りかねて文蔵が間に入った。左京は感情を押し殺すように唇を噛み、板敷きに戻った。

文蔵は右近に向き、

「右近さま、今日のところはお引き取りください。取調べは今後も続きやす。左京さまはきっちり公正に取調べをなさいやすよ」

文蔵の困った顔を見ていると昔を思い出した。里見の家にいた時、よく左京とは喧嘩をした。文蔵はその場に居合わせると必ず間に入った。決まって、兄左京の顔を立てて弟の右近から頭を下げさせたが、その時の困ったような表情が脳裏に浮かぶ。右近にすまないが兄さんの顔を立ててくださいと、無言で訴えていた。今の文蔵はまさにその時の顔をしている。

懐かしさがこみ上げ、ここは文蔵の顔を立てることにした。

「邪魔したな」

と、踵を返すと大股で土間を横切り、乱暴に引き戸を開けて大番屋の表に出た。牛太郎が心配そうに近寄って来た。

「あの石頭、聞く耳を持ちやしねえ」

「聞いてましたよ」

「盗み聞きか」

右近が顔をしかめると、

「あんだけ大きな声で話していたら、外にいたって耳に入りますよ」

「本気だったからな。それに、内緒話をするようなことじゃない」

右近は鼻をこすった。

「伊之の奴、自分でやったと認めているようですね」

「まあな」

「やっぱり、伊之が殺したんですかね」

「そうじゃねえよ」

「何か確証があるんですか」

「ないさ」

牛太郎はがっくりと肩を落とした。

「じゃあ、なんで親分は伊之がやっていないって思っておられるんですか」

「兄貴に言ったこと聞いていただろ。勘だって」

「勘ねえ……」

「おまえ、伊之が人を殺せると思うか」

「思いませんよ」

「だったら、信じてやれよ」

「でも、伊之本人は認めているんですよね」

「きっと、何か深いわけがあるんだ。そこのところを聞いてやりてえんだ」

「深いわけですか」

牛太郎は眉間に皺を刻んだ。

「おまえも一肌脱いでやれよ」

「みんなを集めて聞き込みをしますよ」

「そうしてくれ」

「親分はどうされますか」

「おれは髪結い床へ行ってくる」

右近はしれっと言った。

「はあ？　髪結い床ですか」

牛太郎はいかにも不満顔である。

「悪いか」

「いえ、悪くはありませんが。明日の朝、廻り髪結いの銀次《ぎんじ》が八丁堀の組屋敷まで行くんでしょ」

右近は八丁堀同心となってからも自慢の鯔背銀杏を保つため、両国にいた頃に結わせていた廻り髪結いの銀次を呼んでいる。銀次は今年になって両国にやって来たのだが、昨年まで任せていた髪結いが隠居したため、後釜にした。若いのに腕のいい髪結いだ。

「明日の朝まで待てないんだよ。じゃあな、しっかりやれよ」

右近は涼しい顔で歩き出した。

左京は右近の乱入により心乱され、すっかり調子が狂ってしまった。必死で気持ちを落ち着けようと大きく息を吸い、吐き出すことを繰り返した。文蔵が笑い声を上げた。

左京は怪訝な目を向ける。

「すみません。右近さまらしいなと思いましてね」

「馬鹿な奴だ。あれでは南町のお荷物になるだろう」

「でもこんなことを申してはご不快かもしれやせんがね、物怖じしないあの態度、ひょっとしたら、凄腕の同心になるかもしれやせんよ」

「買いかぶりというものだ。向こうみずなやくざ者の性質が抜けないだけだ」

左京は吐き捨てた。

「そうですかね、右近さまにもお父上の血が流れていやすがね」

「いくら父上の血を受け継いだところで、やくざ者の世界でふんぞり返っていたんだ。そんな奴に八丁堀同心が務まるはずはない」

左京は顔を歪める。

「南の御奉行の遠山《とおやま》さまは若かりし頃、無頼の徒に身を投じていたといいやす。それが、今や名奉行の評判でいらっしゃいやすよ」

「遠山さまは例外だ。遠山さまはご立派なお方だ。右近が遠山さまと比べられるはずがないだろう」

左京は薄笑いを浮かべた。

文蔵は口を閉ざした。

「とにかく、今日はこれまでとしよう。明日、もう一度、取調べを行う。それから神田川をさらう。人足の手配を頼む」

「承知しました」

「こ奴を仮牢に放り込んでおけ」

左京は小者に命じた。

伊之吉は憔悴《しょうすい》した表情で縄を解かれ、奥にある仮牢へと連れて行かれた。

二

右近は髪結い床で髷を直してもらった。小銀杏ではないが武士風の銀杏髷だ。派手な鯔背銀杏とは異なり、それほど人目を引くことはない。こうなっては左京とはよほど注意深く見ないと区別がつかないに違いない。

それを承知で大番屋に戻った。

中に入ると既に左京と文蔵は帰った後だった。掛《か》け行灯《あんどん》の淡い灯りに右近の影が揺らめいた。

小者がおやっとした顔をし、

「里見さま、何かお忘れですか」

すっかり左京と思っている。右近はそれには答えず、

「伊之吉に尋ね忘れたことがある。ここまで連れて来て欲しい」

普段の砕けた調子ではなく、左京のようないかめしいが丁寧な物言いで告げた。小者は怪しむことなく奥へと引っ込む。

右近は笑いがこぼれそうになるのをぐっと堪え、唇を噛んでいかめしい表情を保っ

た。間もなく、小者が伊之吉を連れて来た。粗末な木綿《もめん》のお仕着せに身を包んでいる。縄を打とうとしたが、

「よい」

と、軽く告げる。

「ですが」

小者が危ぶむと、

「すぐに済む。この者に抗う力はない」

「わかりました」

「それから、二人だけにしてくれ」

小者は躊躇《ためら》っている。右近の、いや、左京の身を案じているのだろう。

「この者と二人きりで話がしたいのだ。なに、心配はいらん」

右近は腰の大刀を示した。左京は無外流《むがいりゅう》を学び目録《もくろく》の腕前だ。そのことは奉行所でも知られている。小者はこれ以上抗うことは左京に武士としての礼を失すると思ったのだろう。黙って奥に引っ込んだ。小者が奥に引っ込んだのを目で追い、右近は伊之吉の前に座った。

伊之吉はうなだれている。

「おい、伊之」

右近は物言いを一変させ、いつものくだけた調子にした。伊之吉ははっとしたように顔を上げ、

「親分……」

思わずといったように笑みをこぼした。

「思ったよりも元気そうじゃないか」

「すんません、こんなことになっちまって、せっかく親分が拾ってくだすったというのに」

伊之吉の顔は再び曇った。

「まあ、そのことはいい。それより、おめえ、門太を殺していねえんだろ」

「殺しました」

伊之吉は首を縦に振った。

「ここはおれとおまえしかいない。本当のことを話してくれ」

右近は両手を伊之吉の肩に置いた。

伊之吉は躊躇うように顔を上げ、

「親分、頼みがあるんですが」

「なんだ」

右近は期待した答えが返されずに気勢を削《そ》がれながらも静かに問い返した。

「おっかあを」

伊之吉はか細い声を出した。

「なんだって」

右近の耳には届かず耳を伊之吉に近づける。伊之吉は今度ははっきりとした口調で、

「おっかあを訪ねて欲しいんです」

「そういえば、おふくろがいるって言ってたな」

「はっきりとはわからねえ。でも、もし、その女がおふくろだったら、おら、そのことが知りたくて、とにかく訪ねて欲しくて」

伊之吉は声を上ずらせ涙ぐんだ。

「わかった、わかった。落ち着け、おれが確かめてやるから、その女の居所を言ってみな」

「下谷山崎町《したややまざきちょう》の裏長屋に住んでいるお梅《うめ》って女なんです。醬油《しょうゆ》問屋山崎屋《やまざきや》が地主の長屋だそうで、醬油長屋で通っているんですぐわかります」

「お梅は何をしているんだ」

「そこまではわからねえんで」

「誰にそのことを聞いたんだ」

「それは」

伊之吉は曖昧に口ごもった。言い辛そうだ。無理に口を割らせることはない。その女を訪ねればわかるだろう。

「ま、いいや。とにかく訪ねてみる。それで、ここへ連れて来てやるよ」

「恩にきます」

伊之吉は頬を緩めた。

「それで、おまえ、門太を殺してはいないんだろ」

改めて聞いたが伊之吉はそれに答えることはなかった。母親の顔を見れば本当のことを話す気になるのではないか。

右近はそんな淡い期待を抱き大番屋を後にした。

「善は急げだ」

右近はその足で下谷山崎町に向かうことにした。

半時（約一時間）とかからず下谷山崎町にやって来た。既に日はとっぷりと暮れている。木戸に立った。ひどくうらぶれた長屋だ。醤油長屋の通称の割には醤油ではなく、すえたような臭いが漂っていた。路地の溝板《どぶいた》は所々穴が空いていたり、剝がれている。路地に洩れる灯りはわずかだ。奥にある塵溜《ごみた》めをあさる犬が数匹、乏しい獲物を巡って喧嘩をし吠え声が耳障りだった。

山崎屋で聞いたお梅の家からは灯りが洩れていない。もう寝てしまったのか。

「出直すか」

無理に叩き起こすことは憚られた。そうは言っても伊之吉の命がかかっている。もし、お梅が母親ならば、息子の危機に際しては寝てはいられないだろう。

そう思い、所々剝がれた溝板に足を取られないよう用心しながら慎重に歩を進める。奥に入るに従い犬の吠え声に人の声が混じった。耳をすますと、なにやら揉めているようだ。声の出所はお梅の家の向かいだ。今はそれを聞き流しお梅の家に向かって腰高障子を叩いた。

「邪魔するぞ」

腰高障子はかたかたと鳴ったが中から返事はない。

「南町の景山と申す」

ここは警戒心を与えないよう素性を告げる。しかし、それでも答えはない。寝てしまったのか。

せっかくここまで来たのだと腰高障子に手を掛ける。建てつけが悪く軋《きし》りながら腰高障子は開いた。暗がりの中に視線を凝《こ》らす。狭い土間を隔てて四畳半の板敷きがある。間口九尺（約二・七メートル）、奥行き二間（約三・六メートル）のいわゆる棟割長屋だ。

中はこぎれいに片付いていたが、お梅らしき女の姿はない。それどころか、人っ子一人いなかった。

「留守か」

と、呟いた時、

「この強欲婆《ごうよくばば》あ」

と、耳をつんざく声がした。次いで、

「なら、出るところへ出ようか」

という女の声が続く。

向かいだ。喧嘩の仲裁ならお手の物である。

おれの出番だとばかりにお梅の家を出ると向かいの家の腰高障子を開けた。淡い行

灯の灯りの中に、

「やるか」

「金返せ」

男と女がやり取りをしている。

「待て、待て」

右近が声を放つ。視線を凝らすと夫婦者と年配の女がいる。三人は突如現れた八丁堀同心らしき男に言葉を失った。

「何を揉めているんだ」

「丁度いい。旦那、助けてくださいよ」

女は甘えた声ですがってきた。夫婦は黙り込んでいる。

「どうしたんだ」

右近は静かに問う。

「この男に二分を貸したんですがね、返さないんですよ」

女が言った。

すると女房が、

「返しました」

「元金だけじゃないか。利子がまだだって言っているんだ」

「その利子、二朱なんですよ。十日で二朱です。馬鹿に高いんです」

即座に亭主も、

「お役人さま、これはいくらなんでも高い、不当な利子じゃござんせんかね」

「確かに高いな」

「ほれみろ」

亭主は勢いづいた。しかし女はひるむことなく、

「それを承知で借りたんだろ」

「月に一割って話だったじゃないか」

「十日に一割って言ったのさ。なんなら、証文を見せようか。お役人さまも立ち会ってくださるんだ」

「なにを」

男はいきり立つ。

「まあ、待て。ここは穏便に話そうではないか」

と、不意に女は土間に置いてあった道具箱を持った。大工道具のようだ。してみると男は大工なのだろう。

「これ預かっておくからね。返して欲しかったら残りの金、持ってきな」

「商売道具を持って行くって法があるか」

男は大工道具を取り戻そうとした。女が承知するはずもなく二人は揉め始めた。だが、いくら強欲でも女。力では男に勝てない。男が力ずくで道具箱を奪い取ったところで、

「ああ」

女は倒れこんだ。

三

「大丈夫か」

右近が声をかけたそばから女は土間に崩れるようにしゃがみこみ、激しく咳き込んだ。

「しっかりしろ」

右近は背中をさする。

女はぐったりとなった。女の額に手をやると汗ばんでいて凄い熱である。

「この女の家、何処だか知っているか」

大工の夫婦は顔を見合わせていたが亭主が、

「向かいです」

「向かいということは、お梅か」

「そ、そうなんですが」

大工にしてみたら、突如現れた八丁堀同心がお梅のことを知っていることに驚きを覚えるのは当然だ。

「運ぶか。それと、医者を教えてくれ」

「それなら、わたしが呼んで来ます」

いわば敵のお梅に医者を呼んで来ると女房が請け負った。同じ長屋に住んでいて同じく貧乏人であるといたわりの気持ちが生じたのだろう。こういう人情の機微が左京にはわかるかと内心で毒づく。

「頼む」

言いながら右近はお梅を背負い家を出ると、路地を横切ってお梅の家に入った。狭い土間を跨いで板敷きに下ろし、枕屏風《まくらびょうぶ》の陰にあった煎餅《せんべい》布団を敷く。お梅をその布団に寝かせたところで、女房が医者らしき男を連れて来た。

右近は行灯に灯りを入れた。

「先生、診《み》てやってくんな」

医者は下谷車坂町《くるまざかちょう》の町医者杉田《すぎた》健堂《けんどう》と名乗るでっぷりと肥えた男だった。健堂は薬箱を置き、お梅の診察を始めるため着物を脱がせた。さらに長襦袢《ながじゅばん》の襟《えり》をくつろげる。

右近は目をそむけ、

「終わったら声をかけてくれ」

と、外に出た。

表に出ると大工の女房が立っていた。

「医者に診てもらっている。悪い咳をしていたな」

「このところ、お梅さん咳き込むことが多かったですよ」

「お梅は金貸しをやっているのか」

「そうなんです。うちの人が怪我で十日ばかり仕事に出られなくってその間のやり繰りに借金をしたんです」

「今の話じゃ、高利で貸しているようだな」

「それはわかっていたんですが。もう少しだけ待って欲しかったんですけどね」

「取り立てにも容赦がないってことか」

「根は悪い人じゃないとは思うんですけど」

「長屋での評判はどうだ」

「それは」

女房は口ごもった。

聞くまでもなく評判はいいものではないだろう。

「お梅はここに住んで長いのか」

「三年くらい前からですかね」

「身内はいないのか」

「そのようです」

「息子がいると聞いたことはないか」

「息子さんですか……」

女房は首を傾げた。

「お梅のことを探している者がいてな。その者の頼みでやって来たんだ」

「息子さんにですか」

「そうと決まったわけではないがな。どうだ、お梅の口から息子のことを聞いたことはないか」

女房は首を捻るばかりだ。

「わかった。すまなかったな」

そこで健堂が中から声をかけた。容貌からは想像もつかない柔らかな声だ。右近はお梅の家に入った。

健堂は湯で手を洗い、

「労咳《ろうがい》ですな」

無言のうちに助かる見込みはどれくらいだと聞く。

「今年一杯もつかどうかというところでしょう」

「そうか……」

暗い気分になってしまった。

「なら、これを」

右近は一分金を渡した。伊之吉の母親かもしれない女だ。これくらいのことはしてやろう。

健堂は礼を言うと薬を置いていった。

「さて」

右近は静かにお梅の寝顔を見つめた。行灯の淡い灯りに照らされたその顔は肌が干からび、人生の年輪を刻むかのように無数の皺がある。髪には白い物が目立っていた。それが、これまでのお梅の人生が決して平坦《へいたん》でも明るいものでもないということを示しているようで、労咳と聞いたこともあって胸が塞《ふさ》いだ。

強欲と評判を取り、同じ長屋に住む者へも容赦のない取り立てをして、金貸しで食べている。そんなお梅は日々を必死で生きているのかもしれない。下手な同情はお梅には不要だろう。

そんなことを考えながらお梅の寝顔を見ている。すると、お梅は何事か呟いた。目を覚ましたのかと身を乗り出すと寝言のようだ。

「や、へい」

何だか人の名前を言っているようである。耳をお梅の口に近づける。

「や、へ、いじ」

やへいじ、恐らくは弥平次というのだろう。何者だ。病床のお梅がうわ言を繰り返したということは、お梅にとってよほど大事な男に違いない。

耳をすませ、伊之吉という名前が出るかと注意した。しかし、お梅はそれきり口を閉ざし、すやすやとした寝息を立て始めた。

これからどうしよう。今夜のところは帰ろうかと腰を浮かす。すると、お梅は苦しげに寝返りを打つ。それを目の当たりにするとこのまま帰るのは忍びない。と、お梅の額から熱冷ましの手拭《てぬぐ》いが落ちた。

右近は盥《たらい》の水に手拭いを浸し力一杯絞ると額に当てた。その後もお梅は何度も手拭いを落とした。そのたびに右近は手拭いを当て、お梅の様子を気にしていた。

夜通しでお梅を看病する羽目になった。その内、右近もうつらうつらと舟を漕ぎ始めた。

いつしか右近も座ったまま眠りこけてしまった。

どれくらい経っただろう。

右近の耳に小鳥のさえずりが聞こえた。狭い家の中が薄明るくなっている。八月十六日の夜明けが近いようだ。

お梅の額に手をやった。熱は下がっている。顔に赤みも差していた。明るくなってみると、お梅の顔の皺が一層目立った。お梅は目を覚まし起き上がろうとした。

「無理するな。寝ていろ」

右近が声をかけるとその時初めて右近の存在に気がついたようだ。

「昨日の晩のお役人さまじゃないですか」

「そうだ。南町の景山右近だ」

「ずっと、ついていてくだすったんですか」

お梅は目をしばたたいた。

「成り行きでな。放っておけなくなった」

「それは、すんませんけど、どうして景山の旦那はここにいらしたんですか」

お梅は探るような眼差しを向けてくる。

「おまえに会わせたい男がいるんだ」

「どんな男です」

お梅は警戒の色を濃くした。

「伊之吉という若い男だ。歳の頃なら二十一」

言いながらも横目でお梅の表情の動きを見定める。お梅は困惑の表情を浮かべた。

「心当たりはないか」

「ありませんけど……」

「会うだけ会ってくれ」

「知りもしない男に会わなければいけないんですか」

「頼む」

「どうしてですよ」

「相手は会いたがっているんだ。会ってやってもいいだろう」

「そんなこと言われてもね、じゃあ、ここに連れて来ておくんなさいよ」

「それがな、事情があって連れては来られないのだ」

「あたしに会いたがっているんでしょ。なら、どんな事情があろうと訪ねて来るというのが筋ってもんじゃござんせんか」

お梅の意地の悪い物言いに腹が立ったが隠し立てもできないと、

「南茅場町の大番屋におるのだ。勝手には出られん」

「何をやらかしたんですよ」

「殺しだ、いや、まだ、そうと決まったわけじゃない。疑われているだけだ」

「そんな男に会えっておっしゃるんですか」

お梅は嫌な顔をした。

「頼む、人助けだ」

右近は両手を合わせた。

「会うだけならいいですけどね。旦那には世話になったようですから」

「すまんな」

「なら、支度をしますんで」

お梅は寝床から起き上がり長襦袢の胸紐《むなひも》に手をかけた。右近は外で待っていた。夜が明けた。東の空に朝日が昇り長屋のすさんだ様子が露《あらわ》になっていた。路地に納豆や豆腐売りの売り声が聞こえた。秋の朝の澄んだ空気が流れ込み、すえた臭いを僅《わず》かに清めた。

四

「お待たせしましたよ」

出て来たお梅は小ぎれいな小袖に真っ赤な帯を締め、髪を結いなおして朱の玉簪《たまかんざし》を挿《さ》し、白粉を厚く塗って、唇には入念に紅を差していた。精一杯よそ行きの格好をしたのだろうが、その厚化粧は夜鷹もびっくりといった様子だ。

洩れそうになる笑いをぐっと堪《こら》え、

「行くぞ」

と、路地を歩き出した。顎《あご》を撫《な》でるとじょりじょりとした手触りがする。髭を当たったほうがいいのかという思いもしたが、せっかく、お梅が行く気になっているのに水を差すような気がして我慢した。

八丁堀の組屋敷に戻っている余裕もないため、廻り髪結いの銀次をすっぽかすことになるが、仕方ない。明日の朝に今日の分も銭をやろう。


半時（約一時間）後、右近はお梅を連れ南茅場町の大番屋にやって来た。引き戸を開け身を入れると、小者に伊之吉を連れて来るよう告げる。お梅は板敷きに座ってきょろきょろと周辺を見回した。

間もなく、伊之吉が小者に引き立てられて来た。縄を打つことなく土間に座らせた。伊之吉は両目をぱっと見開きお梅に視線を注いだ。お梅は伊之吉の熱い視線から逃れるように横を向いた。

「おまえが言っていたお梅だ」

右近は静かに告げる。

伊之吉はじっとお梅を見上げる。

「お梅、伊之吉だ。顔を見せてやれ」

お梅はそう言われてやっとのことで伊之吉に視線を注いだ。二人は視線を合わせ

た。伊之吉は高ぶる感情を押さえ切れずに身を乗り出し、

「おっかさん」

と、声を放った。

お梅はびっくりしたように口を半開きにした。言葉を失くし、ただただ伊之吉を見下ろしている。

「おっかさん、おれだ。伊之吉だよ」

伊之吉はお梅の記憶を呼び起こそうとさらに声を励ます。

「な、何を言っているんだい」

お梅は厳しい声で応じる。

「忘れたのかい。今を去る二十年前、あんたは安房の滝口村《たきぐちむら》で男の子を産んだはずだ。それがおいらだ」

伊之吉は必死で訴えかけた。

「知らないよ」

お梅は顔をそむける。

「それじゃあ、あんまりつれなかろうよ。そら、おいらはすっかりぐれちまった。盗人の使い走りまでに身を落としたんだ。だから、そんな男、倅《せがれ》とは思いたくもないだ

ろう。でもね、おいら、ずっと、おっかさんのことを思っていたんだ。たとえ、一目だけでも会いたい。一声だけでもおっかさんと呼んでみたかったんだ」

伊之吉は目に涙を溜めて訴えかける。

お梅は顔をしかめ、

「ちょいと旦那、この、男なんなんですよ」

伊之吉とは反対に冷めた物言いだ。

「おまえ、本当に心当たりがないのか」

「知りませんよ」

「安房滝口村の出ではないのか」

「そうですけどね」

「嘘だ、おっかさん」

伊之吉は叫んだ。

「やめておくれと言っているだろ」

お梅は腰を上げた。伊之吉の必死さを思えば少しは記憶を辿《たど》らせたい。

「おい」

右近がお梅を引き止めた時、引き戸が開いた。

「あっ」

文蔵が入って来た。続いて左京もいかめしい顔で続く。

左京の顔は瞬時に険しくなった。それから、必死で自分の感情の乱れを堪えるように拳を握り締め、

「貴様、ここで何をしているのだ」

その高ぶる気持ちを押し殺したような物言いは左京の怒りの大きさを物語っている。

「伊之吉に親子の対面を果たさせたのだ」

右近が言ったそばから、

「ですから、あたしはこの男の母親じゃござんせんよ」

お梅が反発する。

「嘘だ、おっかあ」

伊之吉がわめきたてる。

「お梅、もう少し詳しく話を聞け」

右近はなだめたが、

「出て行け」

左京の憎悪に満ちた目にさらされた。

「もう少し待って欲しい」

「駄目だ。大体、この一件、おまえには関わりがないと申したはずだ。わたしが預かっておる。それを勝手に伊之吉の取調べを行うとは何事だ。奉行所の秩序をなんだと心得ておる」

「奉行所の秩序は大事だが、真実を追い求めるに秩序を優先させてもおられない」

「真実はわたしが追求する。貴様のこの所業、断固として南町に物言いをするからそのつもりでおれ」

左京は傲然《ごうぜん》と言い放った。

「さあ、おめえも立つんだ。なんだ、見たところ顔色がよくねえな。風邪でもひいたか。こんな、辛気臭え所にいちゃあ身体に毒だぜ」

文蔵はお梅をいたわりながらも腰を上げさせた。お梅は、「よっこらしょ」と立ち上がった。

「だから、来たくなかったんだ」

「おっかさん」

大きな声で伊之吉はお梅を呼ばわる。お梅は鬱陶《うっとう》しそうに顔を歪めながら聞き流

し、土間を横切った。右近も仕方なく板敷きを下り引き戸の前に立った。それから伊之吉に向き直り、

「伊之、本当のことを話すんだ。いいな」

左京は右近を睨み、

「昨日、申したはずだ。これ以上、この一件に関わると南町奉行所に抗議すると。おまえはそのことを無視した。よって、今回のこと、断固として抗議する。奉行所というところは、いや、世の中、秩序をないがしろにしては成りたたない。差配《さはい》違いの御用は役人にあるまじき所業だ。このこと、おまえにとくと申し聞かす」

「承知しました」

ぶっきらぼうに言い残して出て行こうとしたが左京はそれを許さず、

「それから、おまえのその顔は何だ」

「顔のことを申されますか。顔は双子の弟でございますので、違う顔にはできませんな」

右近は薄笑いを浮かべた。

「違う。髭も月代も無精に伸びておるではないか。だらしないことこの上ない。身だしなみをきちんとせずに、町廻りなどするな。南町ばかりか八丁堀同心の面汚しであ

るぞ」

「それはどうも申し訳ございません」

「今からでもきちんと身だしなみを整えよ。よもやそんなことはあるまいが、おまえをわたしと見間違う者もおるかもしれん。迷惑だ」

「気をつけます」

右近は反発心を抑え、一応丁寧な物言いを返してから表に出た。

お梅が、

「びっくりしましたよ」

と、右近を見上げた。

「すまなかったな。いきなり、親子の対面とはさぞや驚いただろうぜ」

「そのこともそうですけど、後で入って来られた同心さまですよ。旦那とそっくり、いえ、瓜二つじゃござんせんか」

「そらそうだよ。双子の兄だからな」

「まあ、そうなんですか」

「そっくりなのは面差しだけ、中身は似ても似つかない。いや、真反対と言っていいかもしれんな。それより、おまえ、伊之吉に心当たりはないのか」

「ありませんよ。旦那もしつこいですね」

「男の子供を産んだことはないのか」

「あるんですけどね」

「伊之吉とは歳が合わないのか」

「同じような年恰好ですよ」

「今、どうしているんだ」

「さあ、十で生き別れになりましたからね」

「どうしてだ」

「もう、いいじゃありませんか。とにかく、さっきの男じゃないんですから」

お梅は過去を穿鑿《せんさく》されたくはないようだ。

「じゃあ、旦那、これで失礼しますよ」

「ちょっと、待てよ」

「もう、話すことなんてありませんよ」

お梅はすたすたと歩き出した。右近はお梅の背中に向かって、

「弥平次って男、知っているか」

お梅の身体はぴくんとなった。足が止まり、

「知りませんね」

と、振り返りもせずに歩き始めた。右近はそれ以上、引き止めることはなかった。

それにしても伊之吉である。とうとう自分が門太を殺したということを否定しなかった。母親と信じている女と会えたことで門太殺しのことはすっ飛んでしまったが、
それにしてもその母と信じたお梅は伊之吉を息子とは認めなかった。

伊之吉はお梅を母と信じ感情を高ぶらせていた。

しかし、気のせいだろうか。

伊之吉とお梅はお互い目を見合わせようとはしなかった。お梅が拒絶していたからなのだろうが、伊之吉は訴えているにしては、視線は微妙にお梅の目からずれていた。

まるで、お互いを避けているように。

「どういうことだ、それとも気のせいか」

右近は顎を撫でた。無精髭がちくちくした。髭を剃ろうかと思ったが、

「ま、今日はいいや」

兄への反発心から放っておくことにした。不思議と開放感を感じた。

五

左京は怒りを抑えながら伊之吉の取調べを始めた。始めるにあたり文蔵に向かって、

「伊之吉が殺しに使った匕首を探す手はずはどうなっている」

「今、小者や町役人が神田川を、新し橋の下辺りをさらっておりやす。明け六つ（午前六時頃）と同時に探し始めやしたので、もう、おっつけ出てくると思いやす」

「わかった」

左京は伊之吉を睨んだ。伊之吉はお梅との面談の興奮が覚めやらず、心ここに在らず、といった様子だ。

「伊之吉、昨晩はぐっすり眠ることができたか」

「へえ」

伊之吉の返事には気持ちが籠《こも》っていない。

「改めて聞くが、門太を殺したわけはなんだ」

左京はあくまで温厚な物言いだ。だが、伊之吉の物言いは、

「ですから、喧嘩になったのでございます」

と、繰り返すばかりである。

「喧嘩沙汰で十三ヵ所も刺すのか」

「かっとなって我を忘れたんです」

伊之吉はあくまで譲らない。

「まだ、惚けるか」

「惚けてはおりません。どうか、わたしを死罪にしてください」

「おのれ、御上を愚弄《ぐろう》するか」

左京はこめかみをぴくぴくと動かした。文蔵が危ぶんだところで、引き戸が開いた。町役人である。町役人は文蔵の耳元で、

「匕首は見つかりません」

それを左京が聞きとがめ、

「どうしたのだ」

左京はこうした内緒話を何よりも嫌う。この時も伊之吉への苛立《いらだ》ちから町役人の振る舞いが気にならないわけはなかった。その辺のことは文蔵もよくわきまえている。

「まだ、匕首が見つからないそうです。なに、探し方が足りねえんでしょう。もう少

しで見つかりやすよ」

文蔵はなんでもないように答えた。

町役人も、

「もう一度、じっくりとさらいますので」

左京は一旦はうなずいたものの伊之吉に向かって、

「伊之吉、一緒に行くぞ」

「ええ」

驚きの声を上げたのは当の伊之吉ではなく、文蔵と町役人だ。

「当人にどこに捨てたのか示させれば早く見つかるというものだ」

「それはそうでしょうが……」

文蔵は賛同したものの不安は拭い切れない。左京はしばらく伊之吉と文蔵たちを待たせ、畳敷きにあがると文机に向かった。机に向かうと書状をしたためた。北町奉行所筆頭同心狭《さ》山《やま》源三郎《げんざぶろう》に右近の不始末を書き、南町奉行所への厳重なる抗議を訴えた。

それを小者に持たせ、すぐに奉行所に届けるよう命じておいてから、

「では、まいるぞ」

と、表に出た。

文蔵は伊之吉の縄を持ち左京に続く。新し橋へ向かう道々文蔵は伊之吉に、

「よく思い出すんだ」

「へえ」

伊之吉の返事には気が入っていない。やる気がないのか、それともお梅のことを考えているのか、文蔵には判然としなかった。

そうこうする内に新し橋に辿り着いた。橋の上には大勢の人間が行き交っている。

神田川の河岸には人足風の男たちが褌《ふんどし》一丁になって待っていた。みな、赤銅色《しゃくどういろ》に日焼けしたたくましい身体で橋を見上げてきた。

橋の下は荷船の通行を止めている。

「伊之吉、おまえが匕首を捨てたのはどこだ」

左京は聞く。

文蔵が、

「ほら、よおく思い出すんだ」

伊之吉は橋の欄干から身を乗り出し、

「この下です」

「橋の真下だ」

文蔵は人足たちに声をかける。人足の中には、

「そこらは何遍も調べたんですがね」

と、愚痴《ぐち》めいたことを洩らす者もいた。

「もう一度やってみるんだ」

文蔵は言いながらも伊之吉に間違いないかと重ねて聞く。伊之吉は力なくうなだれるばかりだ。

「早くやれ」

文蔵は人足を督励《とくれい》する。

人足たちはぶつくさ言いながらも川の中に入る。八月とはいえ、川の水に浸るとなると身が震えて仕方ないようだ。それを眼下に見ながら文蔵は、

「さぞや冷たかろうぜ。早く見つからないことには大変だ」

などと皮肉交じりの言葉を伊之吉に投げる。

伊之吉はうなだれながら見ている。人足は必死で匕首を探す。四半時（約三十分）ほど過ぎると不満そうな声で、

「ありませんぜ」

「おかしいな、本当にここか」

文蔵は伊之吉に再び聞く。伊之吉は曖昧な表情で、

「向こうでしたか」

などと言い出した。

「反対側か」

文蔵が聞く。

「そうかもしれません」

「なんだよ、そうかもとは。大勢の人間が迷惑するんだぜ。反対側となれば向こうの荷船も止めなきゃいけねえんだ」

文蔵は舌打ちしながら、橋の大川側を探すように言った。

「今度は向こうですかい」

人足は不承不承《ふしようぶしよう》といった様子で反対側へと移動した。左京はというと背筋をぴんと伸ばし無表情で事の成り行きを見ていた。周囲を野次馬が取り囲んでいる。こんな時に、取り乱しては沽券《こけん》にかかわると思っているのだろう。

「さあ、急いでくれ」

文蔵は人足たちを叱咤《しつた》する。

人足は仕切り直しとばかりに懸命に匕首探索を行った。

だが、探れども探れども匕首は見つからない。その内、とうとう日が西に傾いた。

左京は、

「やめよ」

と、文蔵に言う。

文蔵は人足に匕首探索の中止を言い渡し、次いで河岸に降り立つとみなの労をねぎらい、

「冷えただろ。熱いので一杯やってくれ」

いくらかの心づけを渡した。人足たちはどうにか気持ちを落ち着けた。

「匕首、まことにこの橋から捨てたのか」

左京は静かに伊之吉に聞いた。

「間違いございません」

「一向に出てこぬではないか。まこと偽りを申してはおらんのだな」

「はい」

伊之吉の声はしぼんでゆく。

「どうした」

「いえ、間違いございません」

「どうもおまえの申すことは信憑性《しんぴょうせい》に欠けるな。殺しの動機もはっきりしない、匕首も見つからない。一体どうしたことだ」

左京は必死で怒りを我慢している。

「それは……」

「なんだ」

「おいらがやったんだ！」

伊之吉は一転してわめいた。

「殺した証がないな」

「おいらが殺しました」

「これは、おかしなものだ。普通、人殺しの疑いをかけられた場合、自分はやっていないと言い募るものだ。逆に、自分がやったから信じて欲しいと言うのはおまえが初めてだ」

左京は怒りを通り越し、おかしくてならないように大きな声で笑い出した。

「おめえ、本当のことを言え、このままじゃ、本当に獄門だぞ」

文蔵が言う。

「嘘ではございません」

伊之吉は自分がやったと繰り返すばかりだった。

第四章　戻り夜叉《やしゃ》

一

右近は聞き込みの成果を聞こうと、地元である両国西広小路にやって来た。だが、牛太郎は聞き込みの最中なのだろう。会えずに話を聞くことはできなかった。

「出直すか」

呟きながらお由紀の矢場を覗《のぞ》く。お由紀は髷を武士風に結い直した右近の顔をまじまじと眺めていたが、右近の醸し出す雰囲気で左京ではないと察したのだろう。笑みをこぼしながら出て来た。が、すぐに笑顔を引っ込めた。

右近の無精髭が伸び、それが寝不足と相まって表情に陰りを見せたようだ。

「親分、お疲れのようですね」

「昨晩は家に戻っていないんだ」

右近は大きなあくびを漏《も》らした。

「あらあら、いいんですか。町方のお役人さまが夜通し遊び歩くなんて」

お由紀はすねたような物言いをした。

「遊んでやしないさ。御用だよ」

右近は無精髭を撫で回した。

「それは、それはお疲れさまでした。捕物でもあったんですか」

「捕物じゃなくって、看病だったんだ」

「誰を看病したんですよ」

お由紀が小首を傾げる様は、見ていて微笑ましい。

「ある婆さんだ。人助けだよ」

右近は言いながら矢場に入った。小上がりになって畳が敷かれその向こうに板敷きが広がり、壁に的がある。矢場には基準が設けられている。弓の長さは二尺八寸（約八十四センチ）、矢は九寸二分（約二十八センチ）、射手と的の距離は七間半（約十四メートル）だ。

右近はお由紀から弓矢を渡され、畳に正座し的に向かった。矢は先が丸めてあり刺さることはない。矢を放ったが的を大きく外した。続いて三回矢を射たがそれも外した。

「駄目だ。今日は何をやってもうまくいかんな」

苦笑を浮かべ表に出た。

「元気のない親分なんて親分らしくないですよ」

お由紀の明るい声に背中を押され、右近は奉行所に戻って行った。


奉行所に戻り同心詰所に向かった。同僚たちの話し声が聞こえる。会話の内容は右近のことだ。みなこぞって右近の身勝手な振る舞いをあげつらい非難をしていた。

「ちぇ」

入るのが嫌になったが、それでは敵に背を向けることになると己を鼓舞し、大きく空咳を一つした。話し声が静まった。

「ただ今、戻りました」

ひときわ元気よく詰所の中に入る。同僚たちの痛いほどの視線を受けながら筆頭同心種田五郎兵衛に向かって、

「町廻りに行ってまいりました」

と、元気よく告げた。

「おまえ、今朝は顔も出さず、今日一日何処に行っておったのだ」

右近の同僚たちを憚ったのか種田の口調は厳しい。

「下谷、南茅場町、両国西広小路ですが」

「南茅場町とは大番屋であろう」

「北町から抗議がありましたか」

右近のあっけらかんとした物言いに、

「抗議がありましたか、ではない」

部下たちの手前もある。その厳しい表情は種田なりのけじめのようだ。ここは種田の顔を立てるべきだ。右近は威儀を正して、

「申し訳ございませんでした」

「うむ」

種田は鷹揚《おうよう》にうなずく。

「今後は二度と勝手な振る舞いはいたしませんので、平にご容赦ください」

右近はことさらにしおらしい態度を取った。

「それにしてもこのままですますわけにはいかん」

同僚たちが耳をそばだてているのがわかる。しんとなった空間に、

「出仕《しゅっし》に及ばず」

種田の張りのある声が響いた。

「ええ、な、なんです⁉」

右近は意味がわからず呆けた声を出してしまった。同僚たちは最早遠慮のない笑い声を上げた。種田は顔をしかめ、

「奉行所への出仕を差し控えよということだ」

「それは、奉行所には来るなということですか」

「そうじゃ」

「では、何をすればよいのですか」

「あのなあ」

種田は苦り切った顔をした。

「つまりだ、おまえの処分が決まるまで定町廻りの職務をしてはならないということじゃ。屋敷で大人《おとな》しくしておれ」

「まあ、命令とあらば従います」

右近の処分が出たところで同僚たちは帰って行った。みな、うれしげである。ぽつ

んと取り残された右近は胸にぽっかりと空洞ができた。

「まあ、しばらく大人しくしておれ」

　種田は慰めるような口調になった。

「やはり、あれですか。屋敷には青竹を組んで一室で正座して髭も月代も剃らないでじっとしていろってことですか。まあ、髭や月代を剃らないっていうのは面倒がなくっていいが、決して気持ちのいいもんじゃありませんね。それと湯に入れないってのもねえ、困ったもんだ」

　処分をものともしない右近の物言いに種田は半ば呆れるように、

「それは蟄居《ちっきょ》、閉門だ。そこまでせよとは言っておらん」

「なら、家でぶらぶらしておればよろしいのですか」

「ぶらぶらというのはよくはないが、定町廻りの役目をするなということだ」

「何時《いつ》までですか」

「まだ未定だ」

「はっきりしないですね、役所というものは」

　右近は不満顔だ。

「そう申すな。今回のこと、もっと厳しい処分を下すべきだと申す与力さまもおられたのだ。それが」

種田はここで言葉を止めた。

「種田さまが庇《かば》ってくださったのですか」

「むろん、わしは庇い立てをした。だがな、わしがどうこうできる立場ではない。今回のおまえに対する寛大な措置はな、御奉行の思し召しなのだ」

「御奉行の」

右近は意外な思いできょとんとなった。

「御奉行は北町の意向だけを聞いて一方的に厳罰を下すべきではない。景山とて考えがあってやったのだろう、とおっしゃってな」

「さすがは名奉行と評判の遠山さまですな、よくわかっていらっしゃる」

「馬鹿、調子に乗るな」

「すいません」

「御奉行はおまえのことがお好きなようだぞ」

「ほう……」

「光栄の至りと心得よ。おまえも存じておると思うが、御奉行はお若い頃、無頼の徒に身を投じておられた」

「だから地回りだったわたしに肩入れをしてくださるということでございますか」

「そうかもしれん」

「これからしばらくは奉行所に顔を出さなくてもいいわけですね」

「出してはいかんのじゃ」

種田は顔をしかめる。

「わかりました」

「景山殿はどうしておられる」

「芝《しば》の三島町《みしまちよう》のしもた屋で戯作三昧《げさくざんまい》の日々を送っておりますよ」

「やっておられるか」

種田はにんまりとした。

「気楽なものですよ」

「これを機会に訪ねてみてはどうだ。景山殿は南町奉行所にあっては生き字引のようなお方であったからな。何かと同心の心得というものを教えてくださるぞ」

「そうしますか」

言ったものの、柿右衛門に聞いたところで今回の処罰が解かれるわけではない。だが、柿右衛門と世間話をするのも悪くはないという気がした。

「では、失礼します」

「腐るなよ」

「こんなことではくじけるものではございません」

「その意気だ」

種田は励ますように右近の肩をぽんぽんと叩いた。

「あ〜あ」

右近は夕暮れ空を見上げながら家路に着いた。それにしても気がかりなのは伊之吉のことである。伊之吉はお梅を母親と信じ込んでいる。信じるに足るわけがあるのだろう。

だが、お梅の方は伊之吉を息子とは認めなかった。嘘をついているのかはわからない。

一体これはどうしたことだろう。また、このことと門太殺しとの関わりはあるのだろうか。

黒みがかかった茜空を見上げながら、汲めども尽きない疑念が湧いてきてどうしようもない。

「家でぶらぶらなどしておれんな」

右近はこれ幸いと独自に門太殺しを探ろうと心に決めた。

二

一方、左京は釈然としない思いに包まれたまま、呉服橋《ごふくばし》御門内にある北町奉行所に戻った。同心詰所に顔を出し、筆頭同心狭山源三郎の前に進み出た。枯れ木のように痩《や》せた初老の男である。

「本日、引き続き、門太殺しの咎《とが》によりまして無宿人伊之吉を取り調べてまいりました」

左京らしい律儀さで本日の取調べの様子、伊之吉が門太殺しの理由をはっきりと話さないこと、凶器がみつからなかったことを簡潔に報告した。

狭山は黙って聞いていたが、

「取調べ、引き続き行うつもりか」

その声は不満そうな様子が滲《にじ》んでいる。

「むろんでございます」

左京は言葉通りに当然だといわんばかりだ。

「しかしのう」

狭山は眉根を寄せた。

「何か問題がございましょうか」

「いつまで門太殺しに関わっておるつもりじゃ」

左京は心外という思いで頬が引きつった。

「むろん、伊之吉の罪状がはっきりとするまででございます」

「昨日の報告では、伊之吉は自分が門太を殺したと自白したとのことであるな」

「はい」

「本日、証言を翻《ひるがえ》したということか」

「そうではございません。伊之吉は自分がやったと申しております」

「ならば、何ら問題はないではないか」

「お言葉ですが、まだ殺しの理由は不明、殺しに使ったという匕首も不明のままでございます。それらがきちんとしないことには、伊之吉の罪状、確定しません」

狭山は苦い顔になった。

「ですから、引き続き……」

ここで左京の言葉を狭山は遮《さえぎ》り、

「何時までも一つの件に固執するな」

「そうは申されましても、伊之吉の命がかかっております」

「罪人の命がどうのこうのと拘ってどうする」

「伊之吉が下手人と決まったわけではございません」

「他に下手人がおると考えておるのか」

「今日の取調べの結果、そのような疑いがあると思いました」

「では、門太殺し、やり直すということか」

「そのつもりでございます」

左京の断固とした物言いに狭山はうめき声を漏らした。

「振り出しに戻すということか」

「致し方ございません」

左京は頭を下げた。しばらく沈黙が続いた。左京は頭を下げ続ける。狭山が根負けしたように舌打ちをし、

「まあ、任せる」

「ありがとう存じます。必ずや真の下手人を挙げます」

左京の両眼は決意に彩られていた。

狭山は了承したものの失望を禁じ得ないように肩をすくめた。それからふと思い出したように、

「おまえの訴え、御奉行を通じ南町にしかと伝えた」

「ありがとう存じます」

「南町の同心、景山右近、おまえの双子の弟だな」

「どうしようもない奴でございます」

左京はあたかも自分の恥部のように目を伏せた。

「お父上は町方同心の鑑のようなお方だった。そのお父上の血を引きながら兄と弟ではこうも違うとはな」

「返す言葉もございません」

「おまえのせいではない」

「右近の処分はいかなるものになったのでしょう」

「そこまでは知らぬが、謹慎くらいは食らってもおかしくはないな」

「そうであれば、これで邪魔されることなく探索に励むことができます」

狭山は苦笑いを浮かべた。

「では、これにて失礼申し上げます」

左京は頭を下げ詰所から出て行こうとした。

「どうだ、月見酒でも。昨晩はできなかったのでな、十六夜《いざよい》の月でも愛《め》でながら一献傾けようではないか」

狭山は格子の間から見える夕空を見上げた。暮れなずむ空は薄く紫がかかり、十六夜の月が煌々《こうこう》と輝いていた。

「せっかくのお誘いでございますが、本日はこれにて失礼申し上げます」

「ま、無理には勧めんが」

狭山は左京を誘うことの無駄を改めて思い口をつぐんだ。左京は急ぎ足で表に出た。月の美しさに心奪われそうになったが、左京の胸には暗雲が立ち込めた。

左京は口をへの字に結んだまま八丁堀の組屋敷に戻った。夕闇が濃くなり狭い庭を吹き抜ける風は肌寒くなっている。日々、一日が短くなり秋は深まってゆく。玄関の格子戸を開け中に入る。

小唄の声が聞こえた。母静江の歌声だ。思わず顔をしかめた。しかし、不快感を表すことなく、

「ただ今、戻りました」

律儀に声をかける。

歌声は一瞬止んだものの、すぐに小唄は再開された。左京は奥に進み、庭に面した居間に入った。左京の姿を見るとさすがに静江は小唄を止め、

「お帰りなさい」

と、挨拶を送ってきた。

「今晩は月が美しいですよ」

静江は誘うように縁側に出た。左京は返事をしないでいた。

「お役目、思うようにいっていないようですね」

「そんなことはございません。どうしてそのようなことを申されるのですか」

「顔に書いてあります。いくら無表情を装ってみても、思うに任せない様は隠しようがありませんよ」

「そんなことはございません」

不快感の原因が静江の小唄にもあることは言わないでいた。

「右近殿はどうしているのですか」

「さあ」

左京は横を向いた。

「たった一人の兄弟ではございませんか」

「この家を出て行った男です。弟などとは思っておりません」

「また、そのようなことを。兄弟というものは助け合うものですよ。ましてや、右近殿も同じく八丁堀同心となったのではありませんか。これは亡き父上のお導きなのかもしれません」

「そんなことはございません。父上が生きておられたなら、きっと苦々しく思われることでございましょう。あんな男が町方の御用など、十手を預かっておるなど、南町はどうかしております。父上ならば、嘆き悲しまれることでしょう」

左京は感情を抑制することができなくなり、声が上ずった。

「そのようにむきになるところを見ると、おまえは右近殿を相当に意識しているのですね」

静江はそれがおかしいのかくすりと笑った。

「そのようなことはございません」

左京は目をしばたたいた。

「図星のようですね。あなたは嘘をつくと目を激しくしばたたきます」

左京は決まりが悪そうに面を伏せたが、すぐにきっと顔を上げ、

「図星などという下世話な言葉はお使いにならないでください。父上が亡くなり、無聊《ぶりょう》を慰めるために稽古事をなさるのは結構なことだと存じます。ですが、稽古事で市井の者どもと交わり、武士の妻としての品格を落とされるようなことはなりません」

「市井の暮らしを知ることは、十手を預かる者には役に立つのですよ」

「母上が御用をするわけではないのです」

「八丁堀同心の妻であり母であることに変わりはありません」

「これ以上申しませんが、ほどほどになすってください」

左京は居間に戻った。

「そろそろ、嫁を貰《もら》わねばなりませんね」

「その話はまだ早いと申しましたが」

「そんなことはありませんよ。もう二十五です。むしろ遅すぎるほうです」

「もう少し、役目を全うできてからにしたいと存じます」

左京は背筋を伸ばした。

静江はしばらく黙り込んでいたが、

「おまえ、いっそのこと町人の娘を嫁に迎えたらどうですか」

「何を申されるのですか」

「町人の娘ならば、おまえの四角四面の人柄を補ってくれると思いますよ」

「そんな……」

左京は抗ったものの一人の娘の顔が頭に浮かんだ。両国西広小路の矢場にいる娘だ。知らず知らずの内に左京の渋面が緩んだ。あわてて静江に見られたのではないかと顔をしかめた。幸い静江は気づいていないようだ。

「夕餉《ゆうげ》の支度をしますね」

静江は小唄を歌いながら台所に向かった。

「ふう」

左京の口からため息が洩れ、胸が疼《うず》いた。

三

その頃、右近も組屋敷に戻っていた。

と、いっても一人住まいである。八丁堀の組屋敷に住まうようになった当初、しんと静まった屋敷に帰るというのはずいぶんと抵抗があった。なにせ、大所帯で暮らしていた右近である。夜叉の家に寝泊りする者たちとは血は繋《つな》がっていないものの、そこには確かな絆《きずな》があったと思う。

やかましくて仕方のなかった家だった。誰かが笑っている、誰かが泣いている。そして、誰かが喧嘩をしていた。それでも、不思議と安らぐことができた。まさに団欒《だんらん》の場だった。

ところが組屋敷は殺風景な薄闇が広がるばかりだ。聞こえてくるのはコオロギや鈴虫の鳴き声ばかりで、それが一層の静寂を深めている。話をしようにも無理に聞かせようにも誰もいない。したがって、誰に気兼ねなくごろんと横になれる。だが、それは限りなく虚しいものだ。

「帰ったぞ」

返事がないことを承知で玄関でそう呼ばわる。当然、返事はない。静まり返った廊下を奥に向かう。居間に入ると、行灯の灯りを灯した。薄明かりの中に膳が調えてあった。

通いで下働きをしてくれている権吉《ごんきち》が調えてくれたものだ。柿右衛門の頃から仕えている下男である。毎日の飯炊き、掃除など家のことは全てやってくれる。

朝餉《あさげ》は炊きたてが食べられるから不満はないが、夕餉となるとどうしても冷めた飯だ。汁などは温め直せばいいし、飯は茶漬けにすれば不満はないのだが、柿右衛門は晩酌をしない習慣だったらしく、酒の用意がないのが物足りない。奉行所の帰りに買ってこようと思っていつも忘れてしまう。夕餉の膳に向かった時に気がつくのが常だが、もう一度出かけてまで買ってくる気にはなれない。

がらんとした居間で冷めた飯に箸をつける。鰯《いわし》の塩焼きと茄子《なす》の煮付けがあった。いずれも右近の好物だが、冷めていたのではなんとも味気ない。

「ま、仕方ないな」

柿右衛門はこの屋敷を去るに当たって一言言い残した。

「早く、嫁をもらえ。でないと侘《わ》びしくてならんぞ」

軽く聞き流したものだが、帰って来るとそれは現実となって胸に迫ってくる。

右近は冷めた飯を食べた。ご飯粒の塊《かたまり》が口の中で転がる。味噌汁を流し込む。冷えているばかりではない。やや、しょっぱい味付けは柿右衛門の好みなのだろう。鰯の塩も強すぎるし、茄子の味もそうだ。これでは、醬油の味が勝り茄子を食べている気がしない。口の中で濃い煮汁が広がるばかりだ。

「ま、文句は言うまい」

その内、近所で立ち寄れる一膳飯屋とか居酒屋を見つけよう。そう言えば、一人で酒を飲むなど滅多にしたことはない。いつも誰かがいた。酒席も賑やかだった。誰かの笑い声の中で酒を飲むのが常だった。

が、案外と一人酒盛りというのもいいものかもしれない。そう思いながら飯を食べているると狭い庭から聞こえる虫の音もおつなものだ。柿右衛門はよほどうるさかったのだろう。権吉は母屋の中はもちろん、庭もきれいに掃除する。箸を休め庭に降り立った。

橙色《だいだい》の花を咲かせた金木犀《きんもくせい》の甘い香りが夜風に漂っている。小さな池は水が透き通り真っ黒な池の底までも見ることができ、鯉が気持ち良さそうに泳いでいた。

柿右衛門は屋敷にいる時は縁側から庭を眺めながら読本の構想を練っていたのだろうか。池には十六夜の月が映りこみ、それが小波に揺れていた。

「ちぇ」

つい、むしゃくしゃした気持ちを紛らわせようと小石を掴《つか》み、池に放り投げた。月が大きく揺れた。

「さて」

明日からどうしようか。奉行所には行かなくてもいいのだ。ならば、これ幸いと門太殺しの探索をしよう。

それには何をすればいい。

右近は縁側でごろんと横になった。

──いい考えが浮かばないか──

必死で考える。

伊之吉は門太殺しを認めている。だが、何故殺したかということになると語ろうとはしない。

何故だ。

そして、お梅のこと。伊之吉は自分が死罪になることを覚悟の上、お梅を母と思い、対面を熱望した。しかし、お梅の方は伊之吉を息子とは認めなかった。

そもそも伊之吉がお梅を母親と信じる理由は何だ。

「ああ、酒が飲みてえ」

右近は腹から絞り出すように言った。酒を飲めば知恵が回る。それが右近だ。

そう思うと、無性に酒が欲しくなった。

欲望を封じ込めるように思案に集中する。十六夜の月を見上げながら考えているとふと、

「伊之吉の過去だ」

と、がばっと起き上がった。

そうだ。

伊之吉について自分はどれくらい知っているというのだ。

三年前、江戸を騒がせた盗人一味、房州の助五郎の配下として使い走りをしていた。一味が北町奉行所の捕縛で死罪に処せられた。伊之吉は助五郎を北町奉行所に売り隠れ家に案内したことと盗みに直接関わっていなかったことが認められ、五十叩きで放免された。放免されたものの罪人ということで行く先々で相手にされず、右近が引き取ってやったのだ。

ならば、房州の助五郎一味の捕縛について調べてみるところから始めるか。

「兄貴に聞くか」

自分で言いながらおかしくて噴き出してしまった。あの左京が教えてくれるはずはない。かえって、何を嗅ぎまわっているんだと不快感を示すだけだろう。

と、

「そうだ」

柿右衛門だ。義父に聞けばいい。景山柿右衛門といえば、南町奉行所で扱った事件を全てそらんじている。たとえ、助五郎を捕縛したのは北町としても、江戸中を騒がせたのである。南町だって追っていたに違いない。追っていた以上、助五郎一味についての様々な記録を取っていたことだろう。

そう思うと少しは気が安らいだ。

右近は湯屋へ行き、今晩は早めに寝ることにした。


明くる十七日の朝、右近が寝床で惰眠《だみん》を貪《むさぼ》っていると権吉の声がする。

「旦那さま」

右近を気遣う声だ。

「うるさいな」

今日から奉行所に行かなくてもいいんだ、と内心で思ったが権吉がそのことを知るはずはない。

右近は寝床から抜け出し、居間に入った。庭先から権吉が見上げ、

「旦那さま、急がねえといけねえですよ」

いかにも実直そうな顔の男である。

「いや、いいんだよ」

「今日は非番でごぜえますか」

「そうじゃない。今日から奉行所へ行かなくてもいいんだ」

「そらまたどうしてですか」

「叱責を受けた。しばらく出仕に及ばずということだ」

「あれま」

権吉は言葉とは裏腹にさほど驚いていない様子だ。

「そんなにびっくりしていないようだな。おれならさもありなんということか」

「そうです。大旦那さまもそういうこともあるだろうと、おっしゃってましただ」

「親父殿がなあ……」

「なら、朝餉はどうしますかね」

「食べる。腹減った」

「ほんなら、すぐお持ちしますだ」

「あ〜あ、腹減った」

右近は腹をさすりながらどっかと座った。すぐに膳が運ばれて来た。炊きたてとあって、飯は湯気が立ち味噌汁も香ばしい香りを放っている。

「うまそうだ」

右近は飯をかき込んだ。

「いつまでお休みでごぜえますか」

「わからん」

「そんなら、今日から昼餉《ひるげ》も用意しますだ」

「その必要はない」

「昼は腹がすかんですか」

「いや、外で食べる」

権吉はぽかんとした。それから、

「勝手に出歩きなさっても大丈夫でごぜえますか」

「大丈夫でごぜえますよ」

右近は権吉の真似をした。権吉は困った顔で居間から出て行った。

朝餉を食べ終えたところで、

「すんません、遅くなりました」

と、木戸門を廻り髪結いが潜って来た。銀次である。役者絵から抜け出たような男前、両国でも道行く女たちが振り返っていた。銀次は右近の顔を見ると、

「よかった、まだいらしたんですね」

と、言いながら縁側に木箱を置いた。元結《もとゆい》、梳《す》き櫛《ぐし》、梳き油、握《にぎ》り鋏《ばさみ》、砥石《といし》などを入れた鬢盥《びんだらい》と呼ばれる道具箱である。

四

「昨日はいらっしゃらなかったでしょう」

「そうだった」

「いけませんよ、八丁堀の旦那がどっかにしけこんでいたんじゃ」

「そういうわけじゃないさ」

右近は薄く笑った。

「おや、髭も月代もずいぶんと伸びていらっしゃるじゃござんせんか」

「急ぐことはない。丁寧にやってくれよ。髷もきっちり鯔背に固めてくれ」

右近は目を瞑った。

中秋の麗《うらら》かな日差しが降り注ぎゆっくりと時が流れてゆく。

「でも、いいんですかね」

銀次が声をかけてくる。

「何がだ」

右近は目を開けた。目に朝日が差し込み銀次が持つ剃刀《かみそり》の刃が煌《きらめ》いた。

「髷ですよ。八丁堀の旦那といやあ、小銀杏と相場が決まってますよ」

「銀の字、つべこべ言ってねえで続けろ」

「すんません」

銀次はぺこりと頭を下げる。右近はふっと息を漏らし、

「ここ当分は鯔背に結ってくれ」

「わかりました。あっしもね、親分には鯔背銀杏が似合うと思いますよ。そのほうが親分らしくていいや」

銀次は張り切って髷を結い始めた。手際よく、それでいて丁寧にびんつけ油で髷を整え元結を結んだ。作業を終えたところで手鏡を差し出す。満足のいく鯔背銀杏が結われてあった。

さて、髪結いが終わるとずいぶんとさっぱりとした気分に包まれた。天高く馬肥ゆる秋とはよくいったもので、出仕差し控えにもかかわらず晴れ晴れしい気分に包まれた。

「よし」

月代を通る風も秋色だ。俄然《がぜん》やる気が湧いてきた。

右近は紫地の背中に夜叉の絵柄を描いた小袖に白の献上帯を締め、朱鞘の長脇差を落とし差しにする。素足に雪駄《せった》履きという夜叉の親分という出で立《いた》ちで、義父柿右衛門の住む芝三島町のしもた屋にやって来た。ここら辺りは読本や草双紙の版元が多いことから、柿右衛門は八丁堀からわざわざ移り住んだのである。酒をそれほどたしなまない柿右衛門のために、芝神明宮《しばしんめいぐう》の門前で人形焼を土産に買った。

「邪魔するぞ」

格子戸を開ける。

「入れ」

奥から柿右衛門の声がした。廊下を奥に進み縁側に出た。縁側にまで紙くずが転がっている。居間の真ん中に文机が二つ横に並べられ、一つには書物が山積みにされていた。柿右衛門はもう一つの机に座り、右近が入って来たというのに脇目も振らず机にかじりついている。

「親父殿」

声をかけると顔を上げ、

「茶を淹れてくれ」

文机の横に置いてある火鉢を見た。鉄瓶が湯気を立てている。

「人使いの荒い親父殿だ」

右近は言いながらも部屋の隅にある茶箪笥《ちゃだんす》から二つの湯飲みと急須《きゅうす》、茶葉を取り出した。次いで、茶を淹れ土産の人形焼を添えた。

「一休みするか」

柿右衛門は右近に向き直った。そこで右近のなりに気がつき、

「なんだ、今日は非番か」

「そうじゃありませんよ」

「まさか、首にはならんだろうが。ははあ、何かしでかしたな」

「よくわかるな」

右近は人形焼を頰張った。

「何だ、どうした」

柿右衛門は心配するどころか愉快そうだ。

「それがな」

右近は伊之吉の一件の顚末《てんまつ》を話し、出仕差し控えになったことを話した。

「それでよく出仕差し控えですんだな。やはり、御奉行はおまえのことを気に入っておられるのじゃな」

柿右衛門は自分の目に狂いがなかったと言いたげだ。

「それはおれにはわからんが、おれとしてはこれ幸いと思い、門太殺しを洗い直してやろうと思っているんだ」

「よくぞ言った。出仕差し控えくらいでしょげたり腐ったりしておるようではおまえではない。それでこそ、わしが見込んだだけのことはある」

「お誉めくださりありがとうございます」と、礼を言ってから、「親父殿に聞きたいことがあってやって来た」

柿右衛門は人形焼を食べていたが、

「これ、どこで買った」

「芝神明の門前町にある扇屋《おうぎや》だ」

「扇屋か、人形焼はな、その手前にある雷屋《かみなりや》の方が美味いんだ。あんこがびっしり詰まっておってな。今度から雷屋で買って来いよ」

そんなことはどうでもいいと内心で呟きながら、

「房州の助五郎一味のことを知っているな」

「江戸を荒し回った盗人一味じゃった。やり口が鮮やかだったな。神田白壁町の呉服問屋三河屋《みかわや》、日本橋本町《にほんばしほんちょう》の薬種問屋杵屋《きねや》、上野元黒門町《もとくろもんちょう》の米問屋恵比寿屋《えびすや》の三軒に盗みに入ったが、押し入った先の家族、奉公人、誰一人殺さず、傷つけず、千両箱と財宝だけを盗み取った。南北町奉行所と火盗改《かとうあらため》が躍起になって追った。結局、北町が捕縛した。おまえの兄里見左京殿がお手柄を立てた、そんな一件じゃったな」

柿右衛門は生き字引の本領を発揮して、すらすらと述べ立てた。右近も人形焼に右手を伸ばし、

「今回門太殺しの疑いをかけられている伊之吉って男は助五郎の使い走りをやっていたんだ」

「ほう、そうなのか」

「それで、助五郎一味について興味を持ったってわけだ」

「う〜ん」

柿右衛門は雷屋の人形焼の方が美味いと不満を口にした割には扇屋の人形焼をぱくぱくと残さず食べてしまった。それからおもむろに、

「北町が助五郎一味を捕縛した直後から、ある噂があった」

「どんな噂だよ」

右近は茶を啜《すす》った。

「助五郎は生きているんじゃないかと」

柿右衛門は遠くを見るような目をした。

右近は茶にむせ返りそうになった。

「北町は助五郎の隠れ家に踏み込んだ。それで、一味を捕縛したんだが、その捕物騒ぎの際に火事が起きた。助五郎は炎に包まれて焼け死んだと思われた。焼け焦げた死体の一つが助五郎ということになった」

「その亡骸が助五郎じゃなくて、助五郎は生きているというのか」

「そういうことじゃ」

「北町では助五郎の探索を続けなかったのか」

「里見殿などは引き続きの探索を主張したようじゃがな、御奉行所としては助五郎の一件はこれで落着ということにしたかったのじゃろう。万が一助五郎は取り逃がしたとしても一味を潰《つぶ》すことができたからな。それに、助五郎の探索を続けるということは、いたずらに町民どもの不安を煽《あお》るだけだとの判断じゃな」

「兄貴のことだ、それで折れたわけではあるまい」

「里見殿の心中はわからんが、三年前の里見殿はまだ見習いの身でおられたからな。確か、あの一件の手柄により、定町廻りになったのだと思う。だから、そう、強くも主張できなかったのかもしれんな」

「そんなことがあったとはな」

右近も顎を掻いた。

「三年経った今も助五郎は現れておらん。やはり、死んだのかもしれんな」

「またぞろ、仲間を募っているのかもしれねえぞ」

「考えられなくはないが、どんなものかのう」

「親父殿はどう思う」

「わからんよ」

「勘だ。勘でいいから答えてくれよ」

「さあな、どうじゃろうな」

柿右衛門は関心が読本に移ったのか文机に向かった。

「読本ならどうだ。読本ならどういった展開をさせる。助五郎は死んだのか生きているのか」

するると柿右衛門は振り返ってにんまりとして、

「そら、生きていることにしたほうが面白かろうよ。そうさなあ、助五郎は生きていて虎視《こし》眈々《たんたん》と再起を狙っている。昔の仲間、裏切り者、自分を捕らえた連中への復讐《ふくしゅう》も忘れてはおらん」

「面白そうじゃないか」

「だろう」

柿右衛門はそれからはたと手を打ち、

「これはいける。そうじゃ、これを読本にするか」

「親父殿、乗ってきたな」

「ああ、面白くなってきた。それでと……。助五郎を悪党に描くのはいいが、一寸の虫にも五分の魂、助五郎にも弱味がある。冷酷無比の助五郎だが、この世に一人だけ慈《いつく》しむ人がいる」

柿右衛門は顔を突き出す。

「その人とはこれか」

右近は小指を立てる。

「それでは安易だ。読む者の共感は得られん。他人さまの金、財宝を奪ってきた悪人が一人の女に心寄せたのではな。それよりももっと慈しむにふさわしいのは母親じゃよ」

「なるほど、母親か。悪党でも母親はいるからな」

右近にふと静江の面影が蘇《よみがえ》った。厳格な父の目を盗んで自分を庇い、慈しんでくれた。静江には会いたい気がするが、訪ねるだけの踏ん切りはつかない。

「助五郎にはこの世に生き別れになっていた母親がいた。助五郎は母親を訪ねて来る。ところが、その母親には町方の目が光っていた」

「ほう、面白そうだな」

言いながら右近の脳裏に一人の男の名前が浮かんだ。

——弥平次——

お梅がうわ言のように繰り返していた名前だ。

まさか、助五郎が弥平次。

そんな都合よくはいかないか。

義父の読本のようにはいかないのだ。

五

「親父殿、助五郎なんだがな、生まれを知っているか」

「安房だ。だから、房州の助五郎と呼ばれていたのだ」

「そうか、安房か……。ひょっとして助五郎は弥平次と名乗ったことはなかったか」

柿右衛門はしばらく首を捻っていたが、

「弥平次が本名で助五郎が変名であったとは十分に考えられるな。いずれにしてもわかっておった素性といえば、安房の生まれであるということくらいでな、歳格好もはっきりとしなかった」

「安房か」

お梅も安房の生まれだ。益々、弥平次のことが気にかかる。

「どうした、顔つきが変わったぞ。馬鹿にうれしそうな顔をしおって。やはり、定町廻りの仕事、おまえに向いておるのじゃ。八丁堀同心になるために生まれてきた男なのじゃよ。おまえは」

柿右衛門は右近を褒《ほ》め上げているようで自分の目利きを自慢している。

「なら、親父殿、面白いものを書きな」

「ああ、任せておけ」

柿右衛門はうれしそうに応じた。

足を向けるのはお梅の家だ。弥平次とは何者だ。

それが助五郎と考えるのはいかにも短絡的に過ぎるとは思うが、好奇心にかられて仕方がない。ここは己が勘に賭けてみよう。

そう心に決めると足取りも軽く下谷山崎町のお梅の家を目指した。

その頃、左京は文蔵と奉行所近くの葦簾張りの茶店にいた。縁台に並んで腰掛けた二人の影を葦簾から洩れた陽光が土間に引かせている。左京は茶を飲みながら、

「門太殺し、一から調べ直す」

「へい」

文蔵は驚きも抗いもせず、静かに首を縦に振った。

「それで、どこから手をつけようかと考えたんだが、わたしは今回の一件、三年前の一件に端を発しているような気がしている」

「房州の助五郎捕縛ですか」

「そうだ。門太は伊之吉から助五郎一味の隠れ家を突き止めた。それを元に我らは隠れ家を急襲し、一味を捕縛した。隠れ家は火事になり、助五郎は焼け死んだ。そこで一件は落着した、ことになった」

左京はここで無念そうに唇を噛んだ。

「やはり、左京さまは助五郎が死んでいねえとお考えですか」

「わからん。ただ、あの時、きちんと探索を続けるべきだったと後悔している。三年

間というもの、ずっと胸にわだかまりとなって残っている」

左京は茶を飲むといかにも苦いという風に渋面を作った。

「それで、日頃より取調べには慎重を期し、完全なものを求めておられる」

「伊之吉の一件もな」

「それはご立派なお考えと存じやす。すると、門太殺しは助五郎の仕業と思っておられやすか」

「その疑いはある」

「では、伊之吉は助五郎を庇っているということですか」

「それもあり得る」

「ですが、伊之吉は助五郎を売った男ですよ。もし、助五郎が生きているのなら、真っ先に殺されてもおかしくはござんせんや」

「そこのところはわからない」

左京は自分の考えが固まっておらず苦笑いを浮かべた。

「どうしたんです」

「先ほどからわからない、わからない、と繰り返してばかりだからな。つくづく、自分の無能さを思う」

「そんなことはござんせんよ」

「結局、門太殺しは振り出しに戻ってしまった。この三日のことは徒労になってしまったのだ。一体、何をやっておるのだか」

左京は自嘲気味な笑いをした。

文蔵はふと思い出したように、

「そう言えば、右近さまはどうしておられるのでしょう」

「あいつは組屋敷で謹慎だ」

「おとなしく謹慎などなすっておられるのでしょうか」

「どういう意味だ」

「右近さまのことです。己の子分の無実の罪を晴らす勢いで、行動を起こされるんじゃねえかと」

「馬鹿な、いくらなんでも」

そう言いつつも左京も文蔵の考えを否定できない。右近ならやりかねない。そう思うとぐいっと茶を飲み干す。

「右近のことより、助五郎だ。おまえ、下っ引を動員してなんでもいいから助五郎の足がかりを摑め。それと、ここ最近の門太の動きを探ることだ。わたしは、大番屋で伊之吉に助五郎のことを当たる」

左京はそう決意を告げるとそそくさと立ち去った。

「これは」

文蔵の目に暗い光が宿り、様々な思いが交錯した。

門太殺しは思ったよりも深そうだ。当初は単なる喧嘩騒ぎでの殺しと思われた。下手人はすぐに判明し、下手人自身も罪を認めた。あっさりと片づくはずだった。それを左京の完全主義が突き破ろうとしている。

左京の粘りによって単なる喧嘩騒ぎが、過去の怨念へと繋がりそうだ。

それと、右近。

右近は自分の子分であった伊之吉の無実を信じている。右近の子分思いという一面もあろうが、それだけではないと直感がそれを知らせているようだ。

右近の勘。

この一件は一体どういう落着を迎えるのだろう。

文蔵は俄然やる気になった。

右近は下谷山崎町のお梅の家にやって来た。腰高障子の前に立ち、

「おれだ、南町の景山だ」

と、呼ばわるとすぐに腰高障子は開けられた。お梅は出て来たが右近の姿を見て、

「おや、今日はまた何のご用件ですかね」

「そうつれない物言いをするな」

右近はずかずかと中に入った。お梅は顔色が青く、今日も寝ていたようだ。

「そら、精をつけな」

土産に鰻の蒲焼を持参した右近である。お梅は目元を緩め、

「旦那、その格好、板についてますよ」

「そうか」

「隠密での御用ですか」

「そういうわけじゃないが、まあ、いいじゃないか」

なるほど隠密廻りという役目もある。八丁堀同心の格好はせず、行商人や棒手振り、紙くず屋などに変装して探索を行うのである。ならば、いっそのこと隠密廻りにしてもらえば、堅苦しい格好をしなくてもいいようなものだ。

――いや――

右近のこの格好では目立ち過ぎて、とてものこと隠密での探索にはならない。その

ことは明々白々だ。

右近は板敷きに上がりあぐらをかいた。

「なんです。また、あの罪人を息子だと認めろなんて言うんですか」

「そうじゃないんだろ」

「違いますよ」

「なら、それはいい。それより、弥平次って男のことを話してくれ」

右近はずばり切り込んだ。

お梅は言葉を詰まらせた。

「なあ、話してくれよ」

問いかけを重ねた。お梅はしばらく黙り込んでいたが、

「何のことだかわかりませんね。でも、旦那、どうして弥平次という人とあたしとが関係あるんですか」

「おまえ、寝ながらうわ言のように繰り返していたんだよ」

「そうでございましたか。でも、あたしには皆目……」

お梅の息はぜいぜいとかすれた。

そのまま黙ってしまったお梅は、遠くを見るような目をした。その瞳は輝きを帯び

たが、じきに愁《うれ》いを含んだものになった。

第五章　夜鷹殺し

一

「実はね、旦那」

お梅はくぐもった声を出した。ためらうような物言いは期待を抱かせる。

「どうした」

「それがね、はっきりとはわからないんですけどね」

お梅は煮え切らない態度だ。

「どうしたんだ」

「いや……」

「言ってみな。いいから」

右近は努めて明るく尋ねる。

「なら、言いますけどね。間違っているかもしれませんよ」

お梅はそう前置きをした。

「いいから話せよ」

お梅はそれに背中を押されたように、

「この五日ほどなんですけどね、あたしゃ、行く先々でなんだか人に見られているような気がしてしょうがなかったんですよ。金貸しなんて因果な商売をやってますんでね、方々に恨みを買ってますんで、誰かに背中でも刺されるんじゃないかって、怖くなったんですよ。それでね」

お梅はここでまたも口をつぐんだ。物欲しげに上目遣いになっている。

「好いところでだんまりかい。出し惜しみをしないでさっさと言えよ」

右近は一朱金を畳に置く。お梅は横目で見ながら一朱金をさっと着物の袂に入れる。

「それでね、あたしゃ、怖くなったんですよ。なにせ、か弱い女の身ですからね。番屋に相談に行こうと思いましてね、近所の自身番に行ったんです」

お梅はここで顔をしかめた。

「それで」

右近も顔をしかめ先を促す。

「世の中冷たいもんですよ。こんな金貸しの強欲婆あなんぞの訴えなんて聞いてくれやしません。一応話を聞くふりをしてくれただけですよ」

「おれが掛け合ってやるよ」

「いえ、それには及びません」

「どうしてだ」

「ちょっと、話がそれましたがね、そんな時ですよ。十手を預かっている門太って人が尋ねて来ましてね、それならこの人に相談すればいいんだろうって思ったんですよ」

「門太、殺された門太か」

右近の胸が躍った。

お梅は黙って二度、三度と首を縦に振った。

「なんで、昨日そのことを言わなかったんだよ」

「だって、昨日はわけのわからない男と親子の対面をさせられたじゃないですか。そんな話できませんでしたし、かりにそんな話をしたら大番屋から帰らしてもらえなかったのじゃござんせんか」

お梅はごほんごほんと咳込んだ。

「大丈夫か。茶でも淹れようか」

お梅は咳をしながら弱々しく首を横に振る。咳が治まるのを待って問いかけた。

「門太はなんて言ってきたんだ」

「房州の助五郎が尋ねて来なかったかって聞かれました。あたしゃ、助五郎という男は尋ねては来なかったけど、ここ最近、人に見られているような気がするって話したんです」

「ほう」

右近は思案をした。

「門太は、どんな男だったとしつこく聞きました。それで、よくは覚えていないと答えたんです」

「門太はどうした」

「一月ばかり前に姿を現して、三日に一度くらいやって来ましたかね。最後は確か十五夜の前の日だったから今月の十四日。訪ねて来るばかりか、後を付け回したりしましたよ」

「門太の亡骸が見つかったのが翌十五日の払暁《ふつぎよう》だ」

「気味が悪くなりましたんで、外出する時はそれはそれは注意深く周囲に気をくばるようにしていましたからね」

「おまえが、不審に思った何者かっての、それは門太だったたんじゃないのか」

「いいえ」

お梅はきっぱりと言った。

「馬鹿に自信があるじゃないか。なんでそうとわかるんだ」

「女の勘ですよ」

お梅は大まじめである。

右近とて勘を侮《あなど》るものではない。自分も自分の勘と信念に従って動いている。お梅はそれでは説明不足と思ったのか、

「匂いって言ったらいいんでしょうかね」

「門太の体臭か」

「体臭じゃなくって、醸し出す雰囲気と申しましょうかね。門太にはあたしとおんなじ匂いを感じるんですよ」

「おまえと?」

右近は首を捻る。

「人の弱味、嫌なところに手を突っ込んで、物欲しくて強欲で、卑しいっていいますかね。門太って男にはそんな匂いがしましたよ。でもね、あたしが感じた刺すような目にはそんな感じはなかった。だから、あれは門太じゃありませんね」

「門太の奴がおまえを付け回したわけは何だろうな」

「知りませんよ」

お梅はにべもなく言った。

「きっと、おまえに金の匂いを嗅いだんだろうな」

「あたしがしこたま金を貯めているとでも思ったんでござんしょうかね。小金しか持ってないっていうのに」

お梅は調子外れな笑い声を上げた。

「門太の奴、きっと何か狙っていたに決まっているさ」

「あたしには見当がつきませんけど」

「こら、ひょっとして……」

「どうしたんです」

「その刺すような目の持ち主は伊之吉じゃなかったのか」

右近は自問した。お梅に聞いたところで答えが返されるとは思っていない。案の定、

「さあ」

お梅は本当にわからないようだ。それでも一縷《いちる》の望みを託して、

「伊之吉ではなかったか。よく思い出してくれ」

「旦那の頼みだし、旦那のお役に立ちたいとは思うんですがね」

お梅は力なく首を横に振る。

これ以上聞いても新たな発見はないようだ。

「邪魔したな」

と、立ち上がりかけたが、

「そうだ。その後、どうなんだい。伊之吉が捕縛された一昨日から刺すような目は感じないのか」

お梅は首を捻ってから、

「そう言えば、感じませんよ」

これで、伊之吉という線は強まったと考えていいのではないか。

「邪魔した。身体をいとえよ」

今度こそお梅の家を後にした。

伊之吉はお梅の身辺を窺っていた。親子の対面をしようと思って機会を探っていたのだろう。それに着目したのが門太だった。門太は伊之吉が助五郎の使い走りをやっていたことを知っていた。知っていたどころではない。

助五郎を売らせたのだ。

そして、その伊之吉を両国西広小路で見かけた。門太は伊之吉を見つけ、「知らない仲じゃない」「困ったことがあったら相談に乗る」「特別に目をかけてやった」など と親切ごかしをしていた。あの時、しつこくからんでいたが、それからも伊之吉に付きまとっていたのではないか。

だとすれば、どうしてだ。

伊之吉の過去をネタに強請《ゆす》りでも働いていたのか。

「いや、違うな」

つい、独り言を呟いてしまう。

伊之吉の過去を強請っていくばくかの銭を得るのならこう脅すはずだ。

「雇い主に助五郎一味にいたことを内緒にして欲しいのなら銭を払え」

そんな風に脅されたとしても、伊之吉にはさほど迷惑ではないだろう。なにせ、右近に拾われたのだ。右近も牛太郎もそれを承知で伊之吉を雇ったのだから。

だから、強請りは成り立たない。

では、強請りが成り立つというのはどういう場合なのだろう。

伊之吉を付け回し、伊之吉がお梅のことを窺っていることを知り、それをネタにしたのか。お梅が伊之吉の母として、それが強請るほどのネタになるのだろうか。

そんなことはない。

ならば、どういうことだ。

「助五郎」

助五郎が生きていて助五郎こそが弥平次だとする。

その場合はどうなる。

伊之吉はお梅を母親と思っている。

ところが、お梅の息子は伊之吉ではなく助五郎だとしたら……。

そして、助五郎が遠からずお梅を訪ねて来るとしたら……。

「なんだか、親父の読本通りじゃないか」

右近は苦笑を洩らした。

この考えを推し進めると、お梅が言っていた刺すような目というのは伊之吉ではなく、助五郎ではないのか。助五郎がお梅を訪ねてやって来た。

門太はそれに狙いをつけた。

とすると、門太を殺したのは助五郎。

「あり得なくはない」

何の証もなければ、確固たる根拠があるわけでもない。

だが、考えてみる値打ちはありそうな気がする。というより、他に良い思案が浮かばない。とにかく動くことだ。

大番屋で伊之吉を問い質してみよう。

右近は逸《はや》る気持ちを抑え、南茅場町に向かって歩き出した。

二

その大番屋では、左京が伊之吉と向かい合っている。文蔵は聞き込みで不在だ。

「凶器の在り処はとうとうわからず仕舞いだ」

伊之吉はうなだれて返事をしようとしない。左京はしばらく伊之吉に視線を注いでいたが、

「ところで、房州の助五郎だが」

伊之吉は左京の様子にただならぬものを感じたようで警戒の視線を浮かべていた。

「助五郎は生きているんじゃないか」

伊之吉の視線が泳いだ。

「どうなんだ」

強い口調で問いを重ねる。伊之吉は視線が定まらずおろおろとしていたが、

「知りません」

ようやくこれだけ答えるのが精一杯といった様子だ。

「嘘だな」

「いいえ」

伊之吉は激しく首を横に振った。

「いい加減に本当のことを言ったらどうなんだ。おまえ、このまま何もかも、知らぬ存ぜぬで、あの世まで一切合切《いっさいがっさい》の秘密を持って行くつもりなのか。ひょっとして、助五郎に遠慮しているのか」

「そんなことはねえ。おいら、助五郎親分を売った男だ」

「そうだ。おまえは、助五郎を売った」

「おいら、親分を売った卑怯者《ひきようもの》なんだ」

「そうかな、おまえは卑怯者かな」

左京は責める口調から理解を示すような物言いに変えた。

「おいら、親分や仲間を売った」

「なるほど、それはそうかもしれん。だがな、おまえは助五郎を助けようと思って助五郎を売ったのではないか」

「そ、それは」

「つまり、助五郎は自分を死んだように見せかけて逃亡を図るつもりだった。だから、おまえにわざと売らせた、そうであろう」

左京は十手を突きつけた。

伊之吉は大きく仰け反り、

「それは……」

「しかと返答せよ」

伊之吉はうなだれている。

「これは、わたしの想像だ。助五郎は再び江戸にやって来た。おまえはそのことを知った。そこで、門太だ。門太はどういう経緯かは知らないが、助五郎が生きて江戸に戻って来たことを知った。おまえは、助五郎に害が及ぶことを恐れ、門太を殺した。そういうことだろう」

左京は感情を交えず淡々とした口調になっていた。

伊之吉はがっくりとうなだれた。

「そうなんだな」

左京は静かに問いを重ねる。

伊之吉は無言である。左京はしばらく黙っていたが、ふと何かを思い出したように、

「おおっと、いけない。わたしとしたことが見過ごすところだった。凶器の匕首だ。匕首が見つかっていない。やはり、おまえが門太を刺したのではないな」

伊之吉は声を上ずらせながら、

「大川です。大川に投げました」

「今度は大川か」

左京は薄く笑った。こめかみがひくつき顔から血の気が失せていく。僅かに息が乱れもした。怒りを必死で押さえ込んでいるようだ。

「今度は大川をさらえと言うのか」

左京は拳を震わせた。

伊之吉は怯《おび》えたように首をすくめた。

「いつまでも嘘が通じるとでも思っているんじゃないだろうな。御上を見くびるな」

左京は土間に下り、伊之吉の着物の襟を掴んだ。伊之吉はおろおろとしている。

「もう一度聞くぞ」

左京は腕を放した。伊之吉の身体はぐったりとなった。

「おまえが門太を殺したんじゃない。門太を殺したのは助五郎だ。おまえはそのことを庇っているんだ」

伊之吉はへなへなとなった。

それを左京はしばらく見ていた。

「門太を殺したのは助五郎だな」

一瞬の沈黙の後、

「畏《おそ》れ入りました」

伊之吉は両手をついた。

左京は息を吐《は》き、

「やっと本当のことをしゃべったな」

その表情には満足感が表れていた。

「ならば、おまえは殺しの罪は免れる。だがな、放免になるには助五郎の捕縛に協力してもらわなくちゃいけない」

ここに至って伊之吉は素直にうなずいた。

「よし、ならば」

左京はここで茶を淹れさせた。

「これから、助五郎を追うための人相書を作る。おまえ、協力するな」

「はい」

伊之吉は素直に従った。

「絵師を呼ぶからな。それまで、仮牢におれ」

伊之吉は小者に引き立てられて行った。左京は大きく伸びをした。

これで、落着に向かう。三年前の一件も一気に解決できる。やはり、助五郎は生きていた。自分は正しかったのだ。

そんな喜ばしい気分に浸《ひた》れたのはほんの一瞬のことで、それよりは後悔の念が強まった。あの時、自分の信念を貫いて助五郎探索を行っていたとしたら。

一件は三年前に落着し、門太は命を落とすことはなかった。門太については色々よからぬ噂も耳に届いている。だが、法の裁き以外で命を奪われていいものではない。

左京は書役がしたためた取調べの調書《しらべがき》を参考に、自ら調書を作成すべく文机に向かった。左京の人柄を示すような几帳面な文字が連ねられていく。

右近は大番屋にやって来た。格子窓の隙間から中を覗くと左京が伊之吉を取り調べているのが見えた。

「まずいな」

いくら右近でもこのまま大番屋に入り、伊之吉を尋問するわけにはいかない。左京が許すはずはないし、それどころか左京の逆鱗《げきりん》に触れ今度は重い処分が待っているだろう。

右近は板壁に身を寄せ、左京と伊之吉のやり取りを窺うことにした。

伊之吉は助五郎が生きていて、助五郎こそが門太殺しの下手人であることを白状した。

「伊之、おめえ……」

右近は複雑な思いに駆られた。助五郎を庇うため自分は門太殺しを自白した。そして、助五郎を生かすために助五郎を売った。

なんとも奇妙なことだ。

だが、それが伊之吉の真実なのだろう。

と、すれば、伊之吉を生かすには助五郎を探す必要がある。左京はこれから助五郎の人相書を作成するつもりのようだ。

左京はまだお梅には着目していない。おそらく、人相書を持って、奉行所を動員し江戸市中を徹底的に探索するつもりに違いない。

その探索に当然ながら自分は加わることはできない。助五郎がどんな人相をしているのか自分はまったく知らない。だが自分にはお梅がいる。というより、お梅にしか突破口が見出せない。もし、弥平次が助五郎ならば、お梅を訪ねて来たのが弥平次ならば、お梅を張っていれば、助五郎は現れるのではないか。

そう思うと希望の光が差してきたような気がしてくる。

と、不意に背中を叩かれた。

びくっとなって振り返ると、

「右近さま、いけやせんよ」

文蔵の顔があった。

「脅かすなよ」

右近は憮然《ぶぜん》と返した。

文蔵は顔をしかめ、

「こんな所にいらしていいんですか。謹慎なんでしょ」

「謹慎ではない。出仕差し控えだ」

右近は平然たるものだ。

「それにしたって、こんな所にいらして、左京さまに見つかったら揉めやすよ」

「だから、見つからないようにしているんだろうが」

「そのなりじゃ目だって仕方ありやせんよ」

「わかった。じきに退散する。ところで、おまえはどんな探索をしていたんだ」

「お話しできやせんね。それより、右近さまはやはり門太殺しを追っていなさるんですか」

「お話しできませんね」

右近は文蔵を真似る。

文蔵は不思議そうに首を捻る。

「どうしたんだ」

「いえね、お顔は瓜二つだというのに、これほど人柄が真反対というのは不思議なもんだって思いやしてね」

「おれ自身も不思議だよ。ま、いいや。このこと兄貴には内緒だぞ」

右近はさっさと歩き出した。

「お屋敷で……」

大人しくしていてくださいと文蔵は言いかけたが、無駄だと思い口をつぐんだ。

三

文蔵は大番屋の中に入った。

左京は表情が穏やかである。穏やかな中にも目は自信に満ち溢れていた。その顔を見れば満足がゆく取調べができたということだろう。

「失礼しやす」

文蔵が声をかけると案の定、左京は穏和な顔で、

「どうだった」

「まだ、途中ですがね、門太の奴、このところ、なんだか浮き足だっていたようですよ。いい儲《もう》け話を見つけたなんて、浮かれていたそうです」

「やはりな」

　左京はにんまりとした。

「実はな、伊之吉をとうとう落とした」

　普段は喜びを表に出そうとしない左京が満面で喜びを表している。

「そいつはお手柄でございやすね」

「手柄であるかどうかはこれからの探索次第だ」

「と、申しますと」

「助五郎は生きている」

「えっ!?　今、何とおっしゃいました」

「やはり、助五郎は生きているんだ」

　左京は自ら作成した調書を文蔵に差し出した。文蔵は生唾をごくりと飲み込み調書に目を通した。読み終わった時にはうめくように、

「こいつは驚きやしたね」

「わたしは驚いてはいないがな」

　左京はわずかに誇る風である。

「左京さまの執念が助五郎を炙《あぶ》り出しやしたね」

「執念が実るかどうかは、今後の働き次第だ。これから、助五郎の人相書を作成する」

「わかりやした。なんだか、胸が躍りやすね」

文蔵も珍しく興奮を隠せないようだ。

「そうであろう。ここまで来たのだ、絶対に逃さん」

左京が気合いを入れたところで絵師がやって来た。小倉聖庵《おぐらせいあん》という信頼の置ける男で、これまでにも人相書を作成し、それによって召し捕ることができた罪人は数多《あまた》である。

「小倉殿、ご足労痛み入る」

「なんの、悪党を召し捕ることのお役に立てば、なんでもございません」

小倉はにこやかな笑みを返した。

「よくぞ、申してくだされた」

「当然のことを申したまででございます。それより、今回の悪党は一体何者でございますか」

ここで左京は間を置いた。小倉は好奇心が沸きあがったように身を心持ち乗り出した。

「房州の助五郎」

左京は静かに言った。

「三年前にお縄になった、いや焼け死んだのではございませんでしたか」

小倉は戸惑いの目を文蔵に向けた。

「ところが、左京さまは助五郎の奴が生きていると疑っていらっしゃった。それが、今回、門太って下っ引殺しの一件を探索なさる内に助五郎が生きているってことを突き止めなすったんですよ」

答える文蔵も自慢げだ。

「それはお手柄。さすがは里見左京さまです。これはもう、わたしも是非ともお役に立たねばなりませんな」

小倉は腕まくりをした。

「なら、早速、伊之吉を連れて来やすよ」

文蔵は張り切って奥に向かった。小倉は文机を持ち、板敷きに移動した。横に左京も座る。

伊之吉が土間に引き据えられた。

「さて、伊之吉、助五郎の人相をよおく思い出し、詳しく述べ立てよ」

左京に言われ伊之吉は素直に従った。顔の特徴を話していく。小倉はそれらをまずは紙に箇条書きにした。伊之吉が話し終えたところで、

「では、申すぞ」

助五郎の特徴を述べ立てる。

歳は二十三、身の丈は五尺五寸（約百六十五センチ）ほど、小太りで丸顔、額は狭く、鼻と口が大きい。右の瞼《まぶた》に黒子《ほくろ》があり目つきが鋭い。

絵に描けばいかにも凶悪な盗人が出来上がるだろう。

「こういったところだな」

「相違ございません」

伊之吉は従順であくまで素直である。

「では」

小倉はそれを元に絵にしていった。まずは、顔の輪郭を描く。小太りの丸顔、下膨《しもぶく》れにした。

「このようか」

小倉は伊之吉に示す。伊之吉はまじまじと眺めた後、

「そうです」

「次は目と鼻だ」

小倉は続ける。

こうして半時（約一時間）ほどやり取りが続けられた。左京は辛抱強く立ち会った。絵を描き終えると、小倉は詳細に亘《わた》って助五郎の特徴を書き込んで人相書が作成された。

「よし、これを皆持って、手分けだ」

左京が言っているそばから小倉は同じ人相書をすらすらと十枚描いた。

「これで、助五郎を捕らえられますぜ」

文蔵は人相書を配下の下っ引に配るべく外に出た。小倉は引き続き人相書を描き続けた。

「さて、伊之吉。沙汰は助五郎が捕まってからになろうが、それほど重い罪状には問われないだろう」

「畏れ入ります」

「だが、御上の手を煩《わずら》わせたことに変わりはない」

伊之吉は神妙に頭を垂れている。

「早く、捕まるようおまえも願っておくんだな」

伊之吉は小さく首を横に振り複雑な表情を浮かべた。

やはり、助五郎には深い思い入れがあるのだろう。また、それは助五郎をわざと売ったという左京の推測の正しさを物語っているようでもあった。

「引き立てよ」

小者に伊之吉が引き立てられて行くのを目で追いながら、

「小倉殿、これで悪党を追いつめることができます」

「わたしもお手伝いできてうれしいことです」

「吉報を待っていてくだされ。それから、いつものことですが、礼は助五郎が捕まってからにさせてください」

「むろん、承知しております」

小倉はあくまで冷静だ。

この冷静さが小倉の仕事の確かさを物語っているようで心強い。

「では、わたしもこうしてはおられません」

「里見殿も探索に出向かれるか」

「もちろんです。いやあ、腕が鳴ります」

左京には珍しい感情の発露だった。

左京は人相書を懐《ふところ》に入れ、表に出た。色なき風がひときわ爽やかだ。

「よし」

左京は全身にやる気がみなぎり走り出さずにはいられなかった。

まずは、伊之吉が巣食っていた両国西広小路に足を向けるつもりだ。

「行くぞ」

つい言葉が出てしまう。


その西広小路には右近が先回りしていた。薬研堀にある夜叉の家に戻って牛太郎の報告を聞いている。

「伊之の奴、助五郎が生きているってこと、白状したぞ」

「そいつは驚きですね」

牛太郎は大きな身体を揺すった。

「伊之が助五郎と接触をしていたということはあるか」

「この十日ほどの間の伊之の奴の足取りを追ってみたんですがね、どこへ行くとは告げずに出て行ったのが、二日。昼間、金魚掬いの番をする前と、した後だということです。もちろん、他に湯屋に行ったり、西広小路をうろうろとしているところを見かけた者はおります。まあ、誰もが伊之のことを気にしていたわけではありませんからね」

「それは、そうだろうが。ところで、伊之がおふくろさんのことを話すのを聞いたものはいないか」

「いませんね」

「すると、伊之は心の内におふくろさんのことを秘めていたってことか」

「そうでしょうね。ですけど、そんなことおくびにも出していませんでしたがね」

「そうだよな、おれも気がつかなかった」

「そうですよね」

牛太郎も首を捻る。

「ところが、あんなにも再会を願っていたおふくろさんがいた」

牛太郎は腕を組んでもっともらしい顔をした。

「おめえもちっとは考えろよ」

右近は牛太郎の額を小突《こづ》く。牛太郎は体裁が悪そうに目を伏せた。

「助五郎の奴、一体、どこへ行った」

右近は頭を抱え込んだ。

「人相書、手に入りませんかね」

「兄貴のことだ。意地でもおれには見せないだろうな」

「兄弟仲、もう少しよくしておられたほうがいいですよ」

「余計なお世話だ」

「すんません」

「ちょいと、西広小路でもぶらつくか」

右近は腰を上げた。

四

左京は両国西広小路にやって来た。

雑踏に視線を走らせ助五郎らしき男がいないか探る。だが、すぐに見つかるものではない。道行く人々も八丁堀同心のなりをした男に対して、遠慮がちに道を開ける。

ふと、矢場に視線を向けた。お由紀が陽気に客引きをしている。左京と視線が交わった。お由紀は笑みをこぼした。

――きっと、右近と間違えているのだろう――

苦い思いで視線をそらしたが、

「里見の旦那」

お由紀は屈託のない笑顔を向けてくる。

どきりとした。

「お、おお」

左京は戸惑いで舌がもつれた。

「どうしたんです、こんな所で」

お由紀は問いかけてきた。

「よくわかったな。わたしが里見と」

「この前、いらしたじゃございませんか」

「てっきり、弟と間違えたと思ったのだが」

「いやですよ。間違えやしませんよ。いくらお顔がそっくりでも」

「そうか、わかるものか」

少しうれしくなった。

「お顔立ちだけじゃ見分けはつきません。でも、すぐにわかりますよ。里見さまと親分、いえ、右近さまでは醸し出す雰囲気がまるで違いますから」

「そうなのか」

　正直、左京にはわからない。ただ、右近のことを右近と呼んでいるのに対し、自分は里見さまだ。それだけ、距離があるのだろう。当然と言えば、当然だ。まだ、顔を合わせて二度目である。別段、親しまれることはないのだが。

「女はそういうのに敏感なんですよ」

　お由紀は微笑《ほほえ》むと、「由紀っていいます」と右の人差し指で自分の名を顔の前に書いた。そんな何気ない仕草も、左京の目には愛らしく映った。

「里見さま、町廻りですか」

「そうだ」

「伊之吉さん、本当に人を殺したんですか」

「今、取り調べ中だ」

「とても人を殺せるような人じゃないと思っていたけど」

　お由紀はふっと寂しげな顔をした。左京はここで役目のことを思い出した。

「この男を見たことはないか」

　懐中から助五郎の人相書を取り出した。お由紀はそれが伊之吉の無実の罪を晴らすことに繋がると直感したのか、真剣な眼差しを注いだ。視線を凝らし、眉根を寄せて見ているその横顔はなんとも愛らしい。知らず知らずの内に見とれていると、お由紀は人相書から顔を上げ、左京を見返した。そしてゆっくりと首を横に振り、

「すみません。見覚えはございません」

申し訳なさそうに言う。

「知らないものを無理に答えることはない。今後、見かけたら報《しら》せてくれ」

「その人が見つかったら、伊之吉さんの疑いが晴れるのでございますか」

「そうなるかもしれんな」

左京は慎重な物言いだ。

「この男が下手人なのですか」

「そうと決まったわけではない」

「矢場に来るお客の顔をよおく見ることにしますね」

「頼む」

左京はくるりと背中を向けようとすると、

「ちょいと、弓で遊んでいかれませんか」

左京は一瞬躊躇《ためら》ったが、

「そうだな」

と、つい返事をしてしまった。

お由紀はにこやかに左京を矢場に導いた。左京は矢場に入った。

「どうぞ」

お由紀は弓と矢を持って来た。

太鼓が叩かれる。

左京は小上がりになった畳に正座すると的に向かって矢を番《つが》えた。そして、やおら弓を引く。

しかし、矢は的からわずかにはずれた。

――いかん――

己がしくじりを悔いた。周囲の者が嘲《あざけ》っているように思える。そっと様子を窺うと、誰もこちらに視線を向けてくる者などいない。みな、自分たちの楽しみに夢中だ。

「さあ。お次をどうぞ」

お由紀に言われるまま弓を引く。

今度は的を射た。しかし、真ん中からはずれている。それでも、

「当た～り」

お由紀は景気のいい声を上げた。

悪い気はしない。

次を射る。

「当た〜り」

またもお由紀は声を上げた。すっかりいい気分になった。すると、

「おや」

と、いう声がした。

声の主は確かめるまでもない。嫌な奴に会ったものだ。

「おまえ、謹慎中ではないのか」

左京は不機嫌に顔をしかめ右近を見た。右近は鮨背銀杏に手をやりながら、

「出仕差し控えですよ」

「差し控えとは屋敷で大人しくしているということだ。それがなんだ。こんな所に顔を出すとは」

「それはそれは、心得違いをして申し訳ございませんね。しかし、兄貴もそのこんな所で何をしておられるのですか」

右近はおかしそうに反論する。

「そ、それは」

左京は手に持っていた弓矢を忌々《いまいま》しそうに脇に置いた。

「ま、固いこと言いっこなしだ。いつも堅苦しいことばかりではいけません。たまには息抜きも必要だ」

右近は言うとお由紀に向き、

「お由紀ちゃん、おれにも弓と矢を持って来な」

と、気さくに声をかける。

お由紀はにっこりしながら弓と矢を持って来た。右近はそれを受け取ると、

「そうだ、兄貴」

左京は右近を無視し矢場を出て行こうとした。それを、

「兄貴、一つ弓矢の勝負と洒落《しやれ》こみませんか」

「なんだと」

左京は目を剝いた。

「いいではありませんか。それとも、自信がないのですか」

右近の挑発に対して、

「馬鹿者、このような所で遊んでいる暇などないのだ」

「今、やっておられたではありませんか」

「あれは……」

左京は口ごもった。

「武士たる者、弓矢の勝負を挑まれ後ろを見せるわけにはいかないでしょう」

右近はお由紀を向いた。

お由紀が両手を叩いた。

左京は引くに引けなくなった。

「仕方ない。受けようではないか」

「そうこなくちゃ。では、続けざまに射ていって外したところまでの数を競うってのはどうですか」

右近の提案に、左京はどうとでもせよというように無関心にうなずく。

「他の客は断りな。これから、兄貴と勝負する」

お由紀はにっこり微笑んで、

「わかりました。でも、見物だけならいいでしょ」

右近は満面の笑みを浮かべ、

「ああ、大丈夫だぜ。むしろ、見物人が多い方がいいや」

と、挑戦的な眼差しを左京に向けた。

「早くせよ」

左京は目元を引き締めた。いつの間にか人だかりがしてきた。右近と左京は並んで畳に正座した。間口から見て、左が右近、右が左京という名前とは逆である。

右近は弦を引っ張り深く息を吸う。

「じゃあ、おれからいくぜ」

右近が矢を放った。

「あた〜り」

太鼓が打ち鳴らされた。次に左京が矢を放つ。左京も的中させた。見物人から歓声が上がる。続いて右近が放つ、そして左京が射る。見物人の声援は圧倒的に右近に向けられた。

「いいぞ、親分」

「負けるな夜叉」

左京は見物人たちの声を無視するように渋面を作り、的にのみ視線を向ける。

右近も左京も二十本を超えても的を外さない。次第に見物人の声が静まり真剣勝負の様相を呈してきた。

右近と左京は頬を火照《ほて》らせほんのりと汗を滲ませた。

「よっしゃあ!」

右近は己に気合いを入れるように着物を片肌脱ぎにした。筋骨隆々の鋼のような肩や胸が表れた。左京も羽織を脱ぎ、着物を片肌脱ぎにした。その時、助五郎の人相書が羽織の上に重ねられた。右近は人相書に視線を走らせる。左京は勝負に夢中になり右近の動きは眼中にない。

「これからだ」

左京は己を鼓舞し的を注視した。三十本目の矢が鋭く放たれ的に吸い込まれるように飛んで行く。見事的中した。右近も三十本目を的中させる。

二人はそれから黙々と矢を射た。見物人はその場に縫《ぬ》いつけられたようで一歩たりとも動くことができない。じっと、視線を凝らし二人の勝負を見守っている。

「五十本!」

右近が的中させた時、お由紀は区切りと思ったのか声高らかに叫んだ。見物人がどよめいた。右近も左京も身体から湯気が立っていた。右近はわずかに息が上がっている。左京は平静を保っている。

右近は、

「水だ！」

お由紀が丼に水を汲《く》んできた。それを一息にあおり、矢を放つ。矢はかろうじて的に当たった。左京も水を勧められたが首を横に振った。余裕たっぷりといった様子は腕の違いを誇っているようだ。それを示すように左京は軽々と的に命中させた。

そして、五十六本目でついに右近は的を外した。緊張の糸が切れ、見物人からため息が漏れた。これで、左京が的中させれば勝負の決着がつく。左京は大きく息を吸い込むと口元を緩めた。無言の勝利宣言であるかのようだ。見物人たちの視線が集まる中、悠然と矢をつがえ射た。

矢は一直線に的に吸い込まれた。

「おれの負けだ」

右近はにっこり微笑んだ。見物人から拍手が起きた。お由紀が左京の勝利を祝福するように太鼓を打ち鳴らした。

五

思いもしない熱戦を繰り広げ、右近も左京も汗を拭った。矢場やその周辺には興奮冷めやらぬ空気が流れている。

「兄貴、さすがですな」

「こんな遊びで勝ったところで何の意味もない」

左京は不機嫌な表情を作ったものの目は和《なご》んでいた。明らかに束の間の楽しみを味わったようである。

「さすがは、お兄さまですね」

お由紀は濡れ手拭いを固く絞って持って来た。

左京は笑みがこぼれそうになるのをぐっと堪《こら》えるようにしかめっ面をして受け取った。

「ご兄弟、仲がよろしいですね」

お由紀は無邪気に言う。

「馬鹿な」

左京は急いで手拭いで顔を拭った。

「兄貴には敵《かな》わないさ」

右近は対照的に明るく答えた。

「とんだ手間を取ってしまった」

左京は手拭いをお由紀に返し顔をしかめながら足早に立ち去った。

右近はお由紀を見て、

「すまなかったな」

と、言った。

「お役に立てましたか」

「ああ、人相書を盗み見ることができた。助五郎のな」

弓矢の勝負の最中に、右近は羽織の上に置かれた人相書を盗み見た。

「助五郎の面相をこの頭の中に叩き込んだ」

「忘れませんか」

「忘れようたって忘れようのない顔だ。絵に描いたような悪党面だ」

右近はにんまりとした。

「兄上さまは本当にまじめなお方ですね」

「またそれか」

「ええ、すごく真面目」

「なんだ、惚れたのか」

右近は下卑《げび》た笑いを浮かべた。

「焼き餅を焼いているんですか」

お由紀はにっこりした。

「ああ、焼いているとも」

右近はお由紀の富士額《びたい》を小突くと雑踏に消えた。

「また、寄ってくださいね」

お由紀の明るい声が秋空に消えた。

右近は盛り場に視線を凝らしながら進んだ。だが、助五郎らしき男の姿も形もなかった。今日のところはこのまま帰るとしよう。

右近は八丁堀の自宅で冷めた飯を食べた。また、今日も酒を買って来るのを忘れてしまった。自分の迂闊《うかつ》さに呆れ、飯は一段と味気ない。

虫の声に耳を澄ませながら飯を食べ終わると、

「お邪魔するでござんす」

玄関で美濃吉の声がした。

「上がれ」

居間で座ったまま大声を上げる。美濃吉の足音と扇子をぱちぱちと鳴らす音が重なった。

「どうした」

「それがでげすよ」

美濃吉は扇子で顔を覆いながら夜鷹が一人殺されたことを語った。

「お恵のところの夜鷹か」

「そうなんでげす。お隅っていうでげす」

「何時だ」

「つい半時（約一時間）ほど前でげすよ。柳原土手でげす」

「行ってみるか」

こうしていても仕方がない。

「やっぱり、行きますか」

「のんびり座っているわけにはいかん」

右近は大刀を摑んで立ち上がった。

美濃吉に提灯を持たせ柳原土手にやって来た。既に町役人と文蔵がいた。文蔵は右近に気がつくと困り顔で歩いて来て、

「勘弁願えませんか」

「邪魔はしないよ」

「ここにいらっしゃるだけで邪魔ですよ」

「まあ、そう言うな。兄貴が駆けつける前には消える」

言いながら亡骸に被せてあった筵《むしろ》を捲り上げた。美濃吉は顔をそむけながらも提灯を向けた。

「匕首で喉を掻き切られているな」

右近は亡骸に屈《かが》むと両手を合わせた。

「そのようでげすね」

美濃吉はろくに見もせずに答える。

「物盗りか」

右近は夜鷹の懐を探り、巾着がないことを確かめた。

「そのようでげす」

美濃吉は調子よく相槌《あいづち》を打つ。いかにも早くこの場を離れたいようだ。

「物盗りじゃねえな」

「そのようでげすね」

美濃吉は調子を合わせる。右近は美濃吉を相手にすることなく、

「夜鷹を盗み目的で殺すとは思えない、なあ」

今度は文蔵に声をかける。

「そうですね」

文蔵は無愛想に答える。いかにも早く立ち去って欲しそうだ。

「すると、恨みということか。見つかった時の状況はどんなだった」

「お隅はいつものように柳原土手の上で客待ちをしていたんですよ。商売を始めてしばらくしてからですかね。夜鷹仲間が商売の調子はどんなもんだって声をかけたんですがね」

「お隅は死んでいたってことか」

「お千《せん》、お千ってのがお隅の亡骸を見つけた夜鷹なんですがね、お千はお隅が男とやり取りをしているのを見たっていうんです」

「で、その男はどうした」

「行方知れずってことです」

すると、美濃吉が、

「そいつですよ、下手人は」

「商売のもつれか、それとも予《あらかじ》めお隅を狙っていたのか」

右近が疑問を投げると、

「いらしたようですよ」

文蔵は左京が到着したことを告げた。

「じゃあな」

右近は美濃吉の提灯も待たず、土手を降りた。左京が小者に提灯を持たせて土手に登って行くのが見えた。柳原通りに下りたところで、

「お恵じゃないか」

夜鷹頭のお恵と遭遇した。お恵は右近に気がつき、

「親分、大変なことになっちまって」

「お隅、気の毒なことになったもんだな」

「そうなんですよ」

お恵は目を伏せた。

「客にやられたようだ」

「そうですか」

お恵の視線が泳いだ。

「どうした」

「いえ」

「なんだ、言ってくれよ。お隅の仇《かたき》を討ってやるぜ」

「それがね、お隅はこの前の殺し」

「門太殺しか」

「そうです。門太殺し、伊之さんじゃないんじゃないかって、お隅ちゃん言っていたんです」

「なんだと」

右近は目を剝いた。

第六章　追　跡

一

「詳しく話を聞かせてくれ」

右近が言うと、

「でも、すぐに土手に行かなくっちゃ」

お恵は土手の上を見上げた。提灯の灯りが行き交い、季節外れの蛍《ほたる》のようだ。夜風に柳の枝が音を立て、左京と文蔵の声が小さく伝わってくる。

「そう言わず、頼むぜ」

右近は一朱金をお恵の手に握らせた。お恵は媚《こ》びるように小さく頭を下げてから、

「門太が殺された時」

「ちょっと、待て。話の腰を折ってすまないが、門太のことを知っていたのか」

「嫌な奴でね。わたしらにたかっていたんですよ。夜鷹たちの乏しい上がりの中から銭をせしめて喜んでいやがったんです」

お恵は憎々しげな顔をした。

「どんな具合にだ」

「溝さらいのネタを提供してやるから、その見返りに銭を寄越せって脅かされていたんですよ。みんな奴のことをダニ野郎って呼んでました」

「なら、門太が殺されてみんな、せいせいしていただろう」

「それはもう、伊之さん、よくやってくれたって」

「伊之はおまえらのことを知っていたのか」

お恵の顔には微妙な表情が浮かんだ。何かを隠しているような、そしてそれを悟られないようにとの配慮からか早口になって、

「伊之さんは親切な人でね、夜、門太の奴を見かけるとみんなに門太が来たって報せてくれたんです」

「あいつがな。そんなにおまえらに親切にしていたということは、それなりの理由があるんだろ」

「わけはわかりませんが、わたしらに同情してくれてたんじゃありませんか」

「不思議なこともあるもんだな。あいつはわけもなくお前らに同情し、ご親切に人殺しまでしたってわけだ」

お恵は話題をそらすように、

「いえね、伊之さん、妙なことを言ったんですよ」

お恵は提灯を持っている美濃吉のことが気になっているようだ。

「行ってろ」

右近は美濃吉を去らした。

暗闇に美濃吉の提灯が動くさまは奇妙なものだ。これでいいだろうとお恵に向き直る。

「伊之さん、あの晩、門太を殺したってうちにやって来たんですよ。あまりにひどい奴なんで、殺してやったって」

「それで」

「明日、御上においらのことを門太殺しの下手人として突き出せって頼まれたんです」

「どうしてそんなことをしたんだ」

「どうしてだか知りません。とにかくそうしろって言いました」

「もしかして、やってもいない殺しを引き受けたんじゃないか」

伊之吉のことが改めて気にかかる。

「とにかく、伊之さんはおいらを門太殺しで突き出せって、そのことを血走った目で訴えたんですよ」

「伊之はそんなことをすれば、自分の命が危ないって当然わかっていたんだよな」

右近は言いながらも、なんと当たり前のことを聞くんだと自分ながらおかしくなった。

「そりゃ、あたしも当然、そう言いましたよ。そんなことをしたら伊之さんが死罪になっちまう。門太みたいなダニ野郎と刺し違えたってしょうがないじゃないか、ってね」

「そうしたら」

「言うことなんか聞きやしませんよ。おいらは、門太を殺した。だから、この償いはおいらがする、そう言うだけで」

「頑固だな」

「頑固なんてもんじゃござんせんよ」

お恵はどうしても聞かない伊之吉を持て余してしまったという。

「そうか、伊之がな」

「で、伊之さん、どうなるんですか」

「それがな、伊之の代わりに下手人が浮上したんだ。三年前に江戸を荒し回った盗人房州の助五郎を知っているな」

「三年前に御用になったんじゃないんですか。助五郎は捕物の最中に命を落としたと聞いているんですが」

「それが、そうじゃなかった。助五郎は生きている。そして、それに目を付けたのが門太だったってことだ」

「本当ですか」

「だから、今回のことは助五郎の仕業だ。そこでだ」

右近は左京の隙を見て盗み見た助五郎の人相書を頭に浮かべ助五郎を見たかどうかを尋ねた。お恵は、

「ええっと」

と、真剣に考える様子だったが、

「ひょっとして、その男、客に紛れているかもしれませんね。そう言えば、お隅」

お恵は今日何度目かの驚きの顔をした。

「お隅がどうした」

「お隅が妙なことを言っていたんですよ。なんだか、妙な男にからまれたって」

「それは助五郎だったんじゃないのか」

お恵は首を傾げる。

どんな男だったと聞こうとした時、

「お恵、いるか」

土手の上から文蔵の声がした。提灯が近づいて来る。右近は厄介なことになりそうだと、

「すまなかったな」

と言いながらそそくさと退散した。

右近は薬研堀の夜叉の家に戻った。母屋に入り、居間で牛太郎と向かい合う。

「親分、今度は夜鷹が殺されたそうで」

「お隅って女だ。それがな」

右近はお恵から聞いた、お隅が最近妙な男にからまれていたらしいことを話した。

牛太郎は深々とうなずき、

「助五郎の奴が生きていて、今回の殺しの下手人ということですか」

「その可能性が高いな」

「なら、伊之の奴は助五郎を庇っているってことになりますね。伊之の奴、助五郎を町方に売ったんじゃなかったでしたっけ」

「そうだよ」

「じゃあ、どうして庇う必要があるんでしょうね」

「わからん。それが、この一件の鍵かもしれんな」

「鍵か」

牛太郎は大きな身体を丸め腕を組んでじっと思案に暮れた。それからはっとしたように顔を輝かせ、

「そうだ。伊之吉は助五郎にお梅を殺すと脅されたんじゃないですか」

「お梅は伊之のことを倅とは認めていないんだぞ」

右近は念押しするように言った。

「ですが、伊之の方はお梅を母親と思っているんですからね、脅されれば言うことを聞くんじゃないですかね」

「かもしれねえが……」

「親分は納得できませんか」

「頭から否定するつもりはないが、どうもなあ」

「どうしたんですよ」

「考えがまとまらねえ」

右近はごろんと横になった。

「伊之の奴に話を聞ければいいんですがね」

「あいつ、妙に思いつめていたからな」

右近は伊之吉の大番屋での様子を思い浮かべる。

「どうしましょうね」

「助五郎をとっ捕まえるのが早道だ。それには」

右近は助五郎の面相を話した。

「そんだけ特徴がある奴だったら、捕まえられますぜ」

「北町が捕まえるだろうがな」

「それでは不満ですか」

「まあ、なんとなく胸にわだかまりが残るというかな」

右近は珍しくもやもやとしていた。それが、兄左京への対抗心とは思っている。

「両国界隈に来れば必ず、とっ捕まえますぜ」

牛太郎の忠義ばった物言いを聞きながら、腕枕をして目を瞑った。

二

それから五日が過ぎた。

依然として助五郎の行方は摑めない。

左京は北町奉行所に出仕した。さすがに焦燥感が漂っている。顔を曇らせたまま詰所に顔を出すと筆頭同心狭山源三郎から、

「門太殺しの一件、まだ決着がつかぬのか」

「間もなくにございます。助五郎の行方がわかれば、じきに落着するものと存じます」

「その助五郎の行方が皆目摑めぬではないか、まこと、助五郎は生きておるのか」

「間違いございません」

左京はついむきになってしまった。

「この五日間、北町の総力を挙げて助五郎を探しておる。各町の町役人に触れを出し、人相書を配り、岡っ引、小者を動員し盛り場も手を抜かず探索したのだ。助五郎が生きていたとなれば、北町の大変な失態であるからな。血眼になって探し回ったのじゃ」

「畏れ入ります」

左京は責任がひしひしと感じられ、重苦しい気分に苛《さいな》まれて額に脂汗が滲んだ。

「もし、助五郎が生きていないとなれば」

狭山はここで言葉を止めた。

「わかっております。その責めはわたしが負うものと覚悟しております」

左京は目をしっかと見開き、狭山の顔を見た。狭山は表情を柔らかにし、

「ここは、助五郎に拘らなくてもいいのではないか」

「と、おっしゃいますと」

「伊之吉を調べ直してはどうだ」

「実はわたしも考えていたところでございます」

それは本音である。助五郎の人相書を作成させた。助五郎はまさしく特徴的な面体をしていた。これで、すぐに捕らえることができると勇んだ。ところが、一向に行方

は摑めない。落ち着いて考えてみるとわざとらしい程の悪党面である。

人相書に描かれたのは助五郎の顔ではないのではないか。伊之吉に欺《あざむ》かれたのではないかという思いが生じていた。

「伊之吉に欺かれたのではないかという気がいたします」

左京は自分の拙《つたな》さを恥じ入り、声が小さくなってしまった。

「そう思うか」

狭山は叱責は加えない。それがかえって責められているようで胸が痛い。

「申し訳ございません」

「ならば、伊之吉を調べるか」

「はい、早速に」

「やり方が手ぬるいのではないか」

「そのようなことはございません」

自分のやり方をなじられると、腹立ちと共に屈辱感がこみ上げる。

「そうかのう」

狭山は薄笑いを浮かべた。それがいかにも小馬鹿にされたようで、気持ちが大きく揺さぶられた。

「必ずや、本当のことを引き出してみせます」

「これまでにも十分に取り調べてきたであろう。今更、新たなことを引き出せるものか」

「きちんと筋道を立てて伊之吉に隠し立てができぬように致します」

「しかとか」

「はい」

「猶予はないぞ。いつまでにできるのじゃ」

「夜鷹殺しも抱えておりますので……」

つい、言い訳が口から出てしまった。

たちまち狭山の顔が歪んだ。

「夜鷹殺しなどどうでもよいではないか」

「いいえ、そのような」

「どうでもよい」

狭山は語気を荒らげた。狭山の苛立ちは左京に対する日頃からの鬱憤《うっぷん》を示しているようだ。反論の余地を与えないような強い物言いである。だが、それだからといって信念を曲げてはならない。三年前の轍《てつ》は踏みたくない。

「夜鷹とて虫けらのように殺されていいものではございません。せめて、下手人を捕縛することで成仏させてやりたいと存じます。それに、夜鷹殺しにも助五郎の影を感じます」

「そう言って夜鷹殺しを探索する口実としておるのではないか」

狭山は意地の悪い言い方をした。

「わたしは夜鷹殺しの探索も行いたいと存じます」

「強情な奴だ。すました顔でどこまでも己が信念を貫くか。お父上にそっくりだな。だが、いつまでも待てぬぞ。三日の内に落着に導け」

狭山は反論の余地を与えない態度だ。

「承知致しました」

左京は頭を下げた。


左京が詰所を出ると文蔵が待っていた。文蔵はいつになく厳しい顔つきである。

「申し訳ございませんが、お話を聞いておりました」

「そうか」

ことさらなんでもないことのように左京は答えると、足早に長屋門に向かう。長屋

門を出たところで左京は、

「狭山さまに伊之吉の取調べが手ぬるいと言われた」

と、自嘲気味な笑いを洩らした。

文蔵は押し黙っている。

「さて、どうするか」

左京は呟いた。

黙っていた文蔵が顔を上げ、

「あっしも左京さまのお取調べは少々手ぬるいと思います」

左京は表情を消した。腹は立たない。文蔵とて正面から左京のやり方を非難する以上、それなりの覚悟があるはずだし、左京なら自分の思いをぶつけてもそれを受け止めてくれると信じてのことに違いない。

「あの伊之吉という男、見かけはやわで気の小さな男のようですが、一筋縄ではいかない男ですよ。こっちが丁寧に取調べをしていることをいいことに、都合のいい嘘ばかりを並べたてやす。しかも小出しにです」

文蔵は目をしばたたいた。

「そうかもしれん」

左京もそれは否定しなかった。

「ここは拷問《ごうもん》にかけたほうがいいんじゃござんせんか」

左京は立ち止まった。

それから文蔵に顔を向け、

「馬鹿なことを申すな」

文蔵もここは引けないとばかりに、

「あっしゃ、本気ですよ。あいつの身体に聞いてみるしかないと思いやす」

拷問は同心が単独では行えないことが建て前としてある。拷問をする場合には与力に具申し、さらに与力は奉行の認可を貰って初めて行うことができた。しかし、殺しなどの凶悪犯はこの限りではなく、拷問も事後報告となる場合があった。

しかし、拷問に頼って罪人を白状に追い込むのは同心の技量を疑われた。腕のいい同心ならば、無傷で罪人を召し捕り、無傷のまま罪を認めさせるのだ。

「おいやですか」

文蔵はここで引いてはならじと目に力を込める。

「好き嫌いではなく」

「お名にかかわりますか」

文蔵の物言いはいつになく辛辣だ。

「拷問などというものを安易にやってはならん、一度そんなことに手を染めればそれから抜け出せなくなるのだ」

「これ一回こっきりですよ」

「できん」

「そんな……」

文蔵は口ごもった。

「格好をつけていると思っているのか」

左京は静かに問う。

「失礼と存じやすが、そう思いやす」

左京は自嘲気味な笑いを洩らした。

「ここは、伊之吉を拷問にかけるべきだと思いやす」

「駄目だ」

左京は厳しい声を出した。

文蔵は顔を歪める。

「絶対にやらん」

「じゃあ、これまで通りの……」

文蔵は言葉を詰まらせる。

「なんだ。はっきりと申してみろ。これまで通りの手ぬるい取調べと言いたいのであろう」

左京はこめかみをぴくぴくと動かした。顔色は蒼ざめ、肩を微妙に震わせて必死で感情を押さえ込んでいる。

「なら、あっしが勝手にやりやす」

文蔵は声を低めた。

「なんだと」

「左京さまはご存じなかったということで」

「あくまでおまえが勝手に行ったことにすると申すか」

「そうです」

文蔵は覚悟を決めたようにじっと左京を見上げた。

「そんなことはできん。許さん。おまえに汚れ仕事をさせることはできんと申しておるのだ」

「あっしならかまやしやせんぜ。とにかく、伊之吉の口を割らせなきゃいけねえ」

「それはわかっておる」

左京はそれきり口をへの字に引き結び口を閉ざした。

三

左京が口を閉ざしたものだから、二人は無言のまま南茅場町の大番屋にやって来た。左京は押し黙ったまま大番屋に入る。小者たちは左京の不機嫌を感じ取り、さっと頭を下げる。

文蔵が伊之吉を引き出して来た。

伊之吉は月代と髭が伸び頰がこけて目は落ち窪んでいる。すっかり憔悴《しょうすい》した面差しでうなだれていた。

「助五郎、見つからんぞ」

伊之吉が座るなり左京は言葉を投げかけた。

伊之吉は面を上げない。

「いくら探しても見つからん」

伊之吉は答えようとしない。

「てめえ、いい加減にしろ」

文蔵が伊之吉の頰を張り飛ばした。伊之吉は土間にごろんと転がる。文蔵はそのまま伊之吉にまたがり、頰に平手打ちを加えながら、

「本当のことを言え」

文蔵は鬼のような形相になった。

「やめろ」

「吐け、この悪党」

文蔵は左京の言葉が耳に入らないように殴り続けた。

「やめるんだ」

左京は堪《た》まらず土間に下り、文蔵の肩に手をかけた。文蔵はそこで初めて手を止めた。そして、伊之吉から身体を離す。

「てめえ、いつまでも惚けているんじゃねえぞ」

伊之吉は唇を切り、血を滲ませていた。肩で息をしながら、

「嘘はついておりません」

そう言うのが精一杯だ。

「ふざけるな」

尚も文蔵は摑みかからんばかりの勢いだ。伊之吉は息を整え、土間に座った。

「伊之吉、まことのことを申せ」

左京はあくまで冷静に問いかけた。

「嘘は申しておりません」

伊之吉はうなだれる。

文蔵は何か言いたそうだったが左京に遠慮をして言葉を飲み込んだ。

「まことであるな、助五郎はまことこのような面相をしておるのだな」

左京は助五郎の人相書を示した。伊之吉はうなだれたままだ。

「しっかり見ろい」

文蔵が怒鳴《どな》る。

伊之吉ははっとしたように顔を上げ、

「間違いありません」

文蔵は伊之吉の傍に寄り、

「しっかり見るんだ」

と、両手で顔を挟んで人相書に向けさせた。

伊之吉はじっと人相書を見据えて、

「間違いございません」

今度はか細い声で答える。

左京は人相書を脇に置いた。文蔵は不満そうに伊之吉から離れた。

「では、尋ねるが助五郎はどこに潜伏しておった」

「わかりません」

「心当たりはないのか」

「申し訳ございません」

「これは困ったな」

左京は横を向いた。文蔵が苛々《いらいら》とし始めた。普段と逆である。

「申し訳ございません」

伊之吉はそのことを繰り返すばかりだ。

「よし」

左京は膝を打った。文蔵ははっとした顔で見上げる。

「伊之吉、解き放つ」

左京はそう告げた。

「ええ」

文蔵が驚きの声を上げた。伊之吉は目をしばたたかせるばかりで言葉の意味がわからないかのようだ。

「解き放つ」

もう一度左京は明瞭な声で告げた。文蔵は渋面を作り、

「そんな」

と、抗議を示した。伊之吉は呆然としている。

「よい。伊之吉の殺しは濡れ衣とわかったのだ。この上は助五郎を追うのみ。伊之吉にはこれ以上の用はない」

「でも、こいつは嘘をついておりやすぜ」

文蔵は横から口を挟む。

「嘘はついておらん。そうであろう」

「は、はい」

伊之吉は左京の言葉に後押しされたように答えた。

「考え直してくだせえ」

文蔵がすがるように言う。

「もうよい」

左京は冷たく撥《は》ねつけた。

「でも、あっしゃ納得できません」

文蔵は拳を握り締めた。

「よいのだ」

左京は穏やかな口調である。文蔵は唇を噛んだ。伊之吉は小者に縄を解かれた。次いで所持品を渡された。伊之吉はしばらく呆然としていたが、それでも解き放たれるという喜びが湧いたのか、死んだ魚のように淀んだ目が生き生きとしてきた。

左京は奥の部屋に入った。当然の如く文蔵が襖《ふすま》を開け入って来た。

「なんだ、怖い顔をして」

左京は珍しく軽口をたたいた。

「言わなくてもおわかりと思いやす」

「伊之吉を解き放ったこと、そんなに怒っておるのか」

「決まっていやすよ」

「こうするより他に方法はない。伊之吉は絶対に本当のことを話しはしないだろうからな」

「ですから、少々手荒な真似をしてでも吐かせてやりやすよ」

「そうではない。これからだ。これからが勝負だ」

「と、おっしゃいやすと」

「泳がせるんだ」

「ああ」

文蔵は破顔した。

「伊之吉は必ず助五郎と接触するはずだ。それを押さえる」

「なるほど」

文蔵は手を打った。

「どうだ、まだ反対するか」

「するはずはありゃしやせんや。左京さまにそんなお考えがあったとは、おみそれしやした」

「何も考えていないと思ったのか」

「いや、そうじゃござんせんが」

文蔵は頭を掻《か》いた。

「ま、いい。それより、伊之吉から絶対に目を離すな」

文蔵は両手をつき、

「そんなことも知らないで、とんだご無礼なことばかり申しやしてすんません」

「気にするな」

「あっしのほうが焦ってしまいやした」

「わたしの役に立ちたいというおまえの強い思いがそうさせたのだ」

「そう言っていただけるとうれしいですよ」

「それにな、おまえの脅しも伊之吉には効き目があるだろう。あれだけ脅されてからの解き放ちだ。きっと、気が緩むさ。だから、これからだ」

左京は引き締めるように言うと、そっと襖を開けた。伊之吉は身支度を終えたところだった。左京の言葉を裏付けるように口元が緩んでいる。

文蔵はにんまりとした。


伊之吉が身支度を終えると、左京が出て来た。

「もう、帰ってよいぞ」

「どうも、お手間をおかけしました」

「濡れ衣とは申せ、御上の手を煩《わずら》わせたことは畏れ多いと思え」

「ははあ」

伊之吉は土間に額《ひたい》をこすりつけた。少し経ってから、

「もうよい、達者でな」

左京は優しく声をかけた。

伊之吉はぺこりと頭を下げた。小者たちにも頭を下げまくり、それから引き戸を開けた。秋の陽光が差し込んできた。伊之吉は眩《まぶ》しげに額の下に右手で庇《ひさし》を作るとゆっくりと歩き出した。

始めの内は覚束《おぼつか》ない足取りだったが、次第に足腰がしっかりとしてきて段々と背筋が伸びた。

文蔵はその様子をじっと見つめ、間を置いてから一人で追跡を始めた。

四

伊之吉は両国西広小路に戻って来た。最初に声をかけたのは矢場のお由紀である。

「伊之さん」

その声は秋空のように明るい。

「お由紀ちゃん」

伊之吉は声が震えていた。

「放免になったの」

「そうなんだ」

お由紀の陽気な声に伊之吉は弾んだ声で答えた。

「良かった」

お由紀は表に飛び出して来た。

「すまないね。頭《かしら》はどちらにいらっしゃるんだい」

「さっきその辺にいたんだけど」

お由紀にかかると牛太郎もぞんざいな扱いだ。まるで芸人を探すかのような態度である。するとそこにもう一人芸人以下の扱いを受ける男が通りかかった。

「ちょいと、美濃さん」

お由紀が声をかけると美濃吉は伊之吉に気がつき、棒立ちとなって、

「おや、伊之さん、おや、おや」

と、わけもわからず扇子をぱちぱちとさせる。それから、伊之吉の前に立ち、

「お解き放ちになったんでげすか」

「そうなんだ」

「こいつはめでたいでげすよ。ねえ、お由紀ちゃん」

「そうだよ。だからさ、早くこのことを頭に報せて来てよ」

「そうでござんすね。ならば、ご注進、ご注進と」

美濃吉は袷《あわせ》の裾を捲り上げ縮緬《ちりめん》の長襦袢をひらめかせながら雑踏の間を縫《ぬ》って行く。

「伊之さん、本当に良かったわね」

お由紀は改めて言う。

「おいら、生きた心地がしなかったよ」

「そうでしょうね。ここら辺りの者はみんな伊之さんのことを心配していたし、伊之さんが人なんか殺すはずがないって信じていたからね」

伊之吉は顔を輝かせる。

「そらそうよ、親分、いえ、右近さまも一生懸命でしたよ」

「そいつはありがてえ」

伊之吉はしんみりとなった。

「そんな、めそめそしないの」

お由紀は右手でぽんと伊之吉の肩を叩いた。

「おいらには勿体ねえ話だ」

「そんなことないよ。みんな、伊之さんの実直な人柄のことはよおく知っているんだから、大手を振って歩けばいいの」

お由紀に励まされたものの伊之吉の顔は曇った。

「どうしたの、そんな陰気な顔をして」

「いや、なんでもねえ」

「そうだ。その髪や髭が悪いのよ。髪結い床へ行ってさっぱりしなさいよ」

「そうですね」

伊之吉は髭もじゃの顔を撫《な》で回した。

「それより、先に湯へ入りな」

と、大柄な男がやって来た。牛太郎である。

「頭」

伊之吉は頬を緩めた。

「よく、けえったな」

牛太郎は明るく言った。

「ありがとうございます」

「親分もさぞかしお喜びになるだろう」

「親分にもご心配をおかけしました」

「今晩は放免祝いだ。お由紀ちゃんも薬研堀の家に来な」

「いいの」

「もちろんだよ」

「行く」

お由紀は声を弾ませた。

「もちろん、親分にも来てもらうさ」

牛太郎は朗らかに言った。

「なんだか、春が来たようですね」

お由紀は桜満開の笑顔をした。

「よし、ぱっといくぞ」

牛太郎は大きな身体を揺すった。

「すみません、本当にすみません」

伊之吉は満面に笑みをたたえたが、目は笑っておらず頬は引《ひ》き攣《つ》っていた。

「よかった」

それに気がつかない牛太郎は心から喜んでいるようだ。

その晩、薬研堀の夜叉の家で伊之吉の放免祝いが行われた。

座敷一杯に並べられた御馳走がある。しかし、伊之吉の希望でそれほど派手なことはやめてくれということになり、出席するのは牛太郎の他はお由紀と右近だけである。幇間《たいこもち》の美濃吉は自分が座を盛り上げると張り切っていたが、ごく少人数という伊之吉の頼みもあり、不承不承《ふしようぶしよう》座に出ることはなかった。

「まあ、伊之、一杯いきな」

右近が酒を勧めた。

「へい」

伊之吉は殊勝な態度で杯を差し出す。

「どうした、しんみりしちまって」

右近は陽気に声をかける。

「今回はすっかり親分にも迷惑をかけちまって。頭に聞きました。あっしのことがきっかけで御奉行所でお灸《きゆう》を据《す》えられたとか」

「大したことはないさ」

「でも、おいらのせいだ」

「だから、気にするなって。それより、おまえよくお解き放ちになったな」

「北町の同心里見さま、そう、親分の兄さまですが、里見さまが解き放ってくださったのです」

「あの石頭もいいところがあるじゃないか。それで、おめえ、お梅のこと本当におふくろだと今でも思っているのか」

「それは」

伊之吉の顔が曇った。

右近は口を閉じた。

「おれも、違うんじゃないかって思えてきました。対面してみてあそこまで受け入れてもらえねえと、おいらも違うんじゃないかってなんだか自信がなくなって」

伊之吉は目を伏せながら答える。

「そもそも、誰がおめえにお梅が母親だって吹き込んだんだ」

「それは、風の噂といいますか」

伊之吉はしどろもどろになった。

牛太郎が、

「何か隠し事をしているんじゃねえかい」

「いえ、そんなことは」

伊之吉は誤魔化《ごまか》すように立て続けに酒を飲んだ。

「話し辛そうだな」

右近は言う。伊之吉は返事をせず黙り込んだ。

「助五郎もまだ捕まってはいないようだ」

右近は独り言のように言う。

「そのようで」

牛太郎も言う。

「助五郎の奴、何処へ行ったんだろうな」

右近は伊之吉に視線を向ける。

「おいらにもとんと見当がつきません」

右近は話題を変えるように、

「ところで、夜鷹のお隅が殺された」

伊之吉の顔色が変わった。

「お隅のことを知っているのか」

「ええ、その」

伊之吉は舌をもつれさせた。

「どうした、顔色が悪いぜ」

牛太郎が聞く。

「いえ、その、なんだかくたびれちまって」

伊之吉は体調の悪さを訴えた。

右近が牛太郎を見ながら、

「無理はねえな。大番所でとっちめられたんだからな。無理することはねえ。しばらく休みな」

「親分もこうおっしゃってくだすっているんだ。元気になるまで金魚掬《すく》いの番はいいぜ」

「すみません、お言葉に甘えてこれで休ませてもらいます」

伊之吉はふらふらしながら腰を上げると、

「いや、寝る前に、おいらちょっと、お恵さんの所に行ってきます」

「お隅の供養か」

「何度か言葉を交わしたことがございますんで」

「まあ、行ってきな」

「なら、これで、失礼します」

伊之吉は座敷を出た。すると、出合い頭にお由紀とばったり。

「おや、もうおしまい」

「うん、ちょっとね」

「伊之さん、まだ、元気ないわよ。元気をお出しなさいな」

お由紀は明るく声をかける。

「はい」

伊之吉はそれでも元気なく肩を落としながら玄関に向かった。

「伊之さん、放免になったっていうのに元気ないわね」

「解き放たれたばっかりだからな、身体が言うことを利かないんだろう」

「その内、元気になるわね。伊之さんの金魚掬い、子供たちに評判なのよ」

「そうかい」

「伊之さんて、とってもやさしいでしょ。子供たちにはありがたいのよ」

「そらそうだろうな。こんな岩みたいな男じゃなあ」

右近に見られ、

「悪うござんしたね」

牛太郎は頬を膨《ふく》らませた。

五

伊之吉は家を出るとお恵の家に行った。しもた屋の格子戸をがらがらと開ける。そのまま物も言わず座敷に入った。夜鷹たちは商売に出たとあってがらんとした中にお恵が一人座っている。

部屋の隅に木箱があり、お隅の位牌が置かれて線香が供えられていた。お恵は目に薄《うっす》らと涙を溜めていた。伊之吉はお恵の前に立ち、

「おっかさん、帰ったぜ」

と、一言言った。

お恵は黙ってうなずく。伊之吉はお隅の位牌の前に座り両手を合わせた。しばらくしてからお恵を振り返り、

「お隅さん、気の毒なことをしたな。一体、誰がこんなむごいことを」

「わからない」

お恵は言いながらもその顔には不安の影が差し込んでいる。

「ひょっとして、弥平次さんの仕業じゃないのかい」

「わからないよ」

お恵の顔は蒼ざめている。

「なんだか、迷惑をかけに戻って来たようなもんだな、おっかさん。お梅さんからおっかさんが薬研堀で夜鷹を束ねているって聞いて両国へ流れて来たのが今年の初めだ」

「あん時は本当にうれしかったさ。もう二度と会えないって思っていたおまえとめぐり合ったんだからね。お梅さんからここの束ねを任されたのが十年前。それからもお梅さんは何かと面倒を見てくれた。そんな中で、おまえが息子だとわかった。お梅さんは伊之吉がほとぼりが冷めて戻って来たら、必ず会わせてやるって言ってくれた。その願いは叶った」

「本当だ。お梅さんにはいくら礼を言っても足りないくらいだ」

「でもおまえ、息子の弥平次さんの罪を背負ったじゃないか」

「まあ、あれはおれが殺したんじゃないってわかると思ったからさ」

「そうは言ってもそんな確証はなかったよ。悪くすればおまえが獄門台にさらされるところだったんだ」

「そうさ、でもね、おれには右近の親分がいるって思っていた」

「右近親分さんにも悪いことをしたね」

「まったくだ。おいら、本当に罪作りだ。今日は右近親分の顔をまともに見ることができなかったさ」

「そうだろうね」

「弥平次さんもこれで懲《こ》りてくれるって思っていたんだがな」

「お隅も料簡《りょうけん》がいけなかったのさ」

お恵は横を向いた。

「まさか、弥平次さんを」

「そうさ。脅したようなんだよ。本当のことを御奉行所に訴えて欲しくなかったら、五十両寄越せって」

「本当か」

「お隅、五十両が手に入るよなんて、酒を飲みながら言ってたんだから」

「おっかさん、どうして止めなかったんだよ」

「止めたさ。止めたけど、聞きやしなかった。五十両手に入れて夜鷹から足を洗うんだって」

「哀れなもんだな」

「人間、欲を出しちゃいけないってことだよ」

お恵は目に涙を溜めた。

「弥平次さん、どうしているんだ」

「このところ見ないさ」

「おれ、話をつける」

「やめときなよ」

「放っておけるか。このままじゃ、お隅さんは救われないぜ」

「そらそうだけど、弥平次さんは門太を殺してくれたんだよ」

お恵は下っ引の門太がいかに悪辣な男であったかを言葉を尽くして話した。

「あたしらの稼ぎの半分も持っていきやがった。まったくダニのような男だった。弥平次さんが殺してくれなかったら、あたしらで殺していたさ」

お恵は吐き捨てた。伊之吉はしばらく黙っていたが、

「で、門太の亡骸をあんな風にしたのか」

「そうさ。弥平次さんが殺してくれて、それをみんなで河岸に運んでめった刺しさ。

せめて、亡骸にでも刺してやらないことには気がすまなくってね」

お恵はその時のことが思い出されるのか、怖気《おぞけ》を震《ふる》った。

「門太って野郎はとんだ下衆《げす》野郎だった。だから、門太に同情はしない。でもね、弥平次さんだって、門太を殺すことを望んでいたんだよ。門太が邪魔だった。確かに下衆野郎だったが、下っ引としては腕のある奴だった。というより、妙に鼻の利く奴だった。おいらが両国西広小路にいるって知ると、時折尋ねて来てはおれの身の回りを嗅ぎまわってやがった。おれに、金の匂いを嗅ぎ取ったんだ」

「あんな奴のことを誉《ほ》めることはないよ」

「おいらは有り体に言っているんだ」

「ふん」

お恵は鼻で笑った。

「とにかく、このままでは弥平次さんは暴走してしまう」

「何をやらかそうって言うんだい」

「またぞろ、盗賊行為さ。今、仲間を募《つの》っている。あれで、目端が利くからな。色んな所に入り込んで盗みに入る商家を物色していなさる。今の内に止めないといけない」

「おまえ、そんなことできるのかい。逆に殺されてしまうよ」

お恵はすがるような目を向けてきた。

「そうなったらなっただ」

「馬鹿なことをお言いでないよ。せっかく、お解き放ちになったんじゃないか」

「一度、死んだ命だってことも言えるさ」

「底抜けの馬鹿だよ。おまえは」

お恵は鼻で笑った。

「おらあ、弥平次さんと刺し違えてもかまわねえと思っている」

伊之吉は強い決意をその目に込めた。

「止めたって無駄だね」

「ああ」

「まったく、言葉も出ないよ。せっかく、門太の奴がいなくなって喜んだっていうのにお隅は殺され、今度はおまえがお解き放ちになったと思ったら、弥平次さんと刺し違えるだなんて」

「おっかさん、おれが死んだら墓には饅頭《まんじゆう》を供えてくんな」

「死んで饅頭が食べられるもんか。命あっての物種《ものだね》だよ」

「それもそうだ。なら、今の内に腹一杯饅頭を食うか」

「勝手にしな」

お恵は顔をそむけた。

「なら、これでな」

伊之吉は縁側に出た。薄《すすき》の穂が夜風に鳴っていた。

「伊之吉」

お恵が言った。

無言で振り返ると、

「死ぬんじゃないよ」

伊之吉はにっこり微笑んでから足早に表戸に向かった。そのまま外に出る。暗がりに人の気配を感じた。伊之吉は身構える。

「伊之、よく頑張ってくれたな」

暗がりで相手の顔は見えないが間違いなく弥平次である。

「弥平次さん、丁度良かった。話があるんだ」

「お隅のことか」

「そうだ。殺すなんてひどいじゃないか」

「仕方なかったのさ。あの女、欲に目が眩《くら》みやがった。それより、目ぼしい商家に目をつけた。仲間も集まったところだ」

「おれはいやだと言ったし、やめるようお願いしただろ。聞いてくれないのかい」

「なにを言ってやがる。おめえだって、一軒押し込めば、そんな心も吹き飛ぶっても んだ。とにかく、明日の暮れ六つ（午後六時頃）、新大坂町《しんおおさかちょう》の朝日稲荷に来な、待ってるぜ」

「弥平次さん」

「親分と呼びな。助五郎親分ってな」

弥平次はそれだけ言うと、伊之吉が止める間もなく風のように走り去った。

伊之吉は呆然と夜空を見上げた。


その時、伊之吉は気がつかなかったが、柳の木陰にもう一人男がいた。五尺そこそこの小柄な男。

文蔵である。

「よし、とうとう尻尾を捕まえたぜ」

文蔵は舌なめずりをした。

第七章　雁の棹《さお》

一

右近は牛太郎に、

「当分、伊之から目を離すんじゃないぞ」

「あいつ、何だか変でしたよね」

「何か隠しているようだった。大きな隠し事をな」

「あっしもそう思います」

牛太郎も力強くうなずく。

「なら、頼むぜ」

右近は一息に酒を飲み干すと家路に就《つ》いた。

翌八月二十四日の朝、右近は普段より早起きをし、朝湯に行ってから食事を済ませ縁側に佇《たたず》んでいた。なんとなく髷に手をやり、廻り髪結いの銀次を待った。涼風に吹かれていると、出仕差し控えもいいもんだという気になる。

大きく伸びをしたところで銀次がやって来た。

「おはようございます」

銀次は秋晴れのような爽やかさで挨拶をした。

「おお」

つい、頰が緩む。

「親分、お退屈なんじゃありませんか」

「そんな風に見えるか」

「あくびをしてらしたじゃありませんか」

「伸びをしただけだよ」

言ったそばからあくびが洩れた。

「ほんとにお退屈そうですね。なら、髷を結わしていただきます」

銀次は縁側に上がると、鬢盥を横に置いた。

「毎日、何をしてらっしゃるんですか」

「まじめに謹慎しているさ」

「親分がですか。信じられませんね」

「多少は出歩いているよ。じゃないと身が持たん」

「両国辺りもでしょ」

「まあな」

銀次は手際よく月代を剃る。

「伊之さん、お解き放ちになったんですね。本当によかったですよ」

「おまえも、耳が早いな」

「いろんな所に廻ってますからね」

と、銀次は「ああ」と洩らした。

「ちっ」

右近は月代に手をやった。

「すんません」

銀次は布切れを右近の月代に当てた。わずかに血がついた。

「申し訳ございません。うっかり、手を滑らせてしまいました」

「気にするな。唾でも塗っておけば治るよ」

「ほんと、すんません」

「弘法《こうぼう》も筆の誤りか」

「そんな、大したもんじゃござんせんよ」

「以前にこんな話を聞いた。浅野《あさの》内匠頭《たくみのかみ》の家来で武林唯七《たけばやしただしち》という男がいた。武林は大変に粗忽《そこつ》な男だったそうだ」

右近は銀次に髷を結われながら口調は滑らかになった。銀次も落ち着きを取り戻し、手際よく髷を鯔背《いなせ》銀杏《いちょう》に結っていく。

「ある日、唯七は内匠頭の月代を剃っていた。そうしたら、剃刀の刃が柄から抜けそうになった。唯七はこれはいかん、殿さまにお怪我をさせると剃刀を立て、柄の尻を内匠頭の月代でぽんぽんと叩いて刃を落ち着かせた」

「そらまた粗忽な」

銀次は噴き出した。

「それくらい、粗忽な男だったそうだが、その実直な人柄を内匠頭に愛されたそうだ。もちろん、四十七士の一人として討ち入りにも加わっている」

「そう聞きますと、四十七士により一層の親しみを感じますね」

「そうだろ。暮れになったら、どこかの芝居小屋で『仮名手本忠臣蔵』を上演するだろう。楽しみになってきたな」

「あっしも、親分やお客さまの月代を傷つけないよう努めます」

「まあ、頑張りな」

右近が言うと銀次は手鏡を渡した。

「うん、よし、いい具合に出来上がった」

「でも、この髷、親分が御奉行所に出仕なすったら元に戻すんでしょ」

「しばらくすっとぼけていようか」

「そんなこと許されるんですか」

「許されまいな」

右近は大口を開けて笑った。

「まったく、ご冗談ばっかりおっしゃるんですから」

「これで、さっぱりした」

右近は銭を渡した。

「いつも、すんません」

銀次はにっこり微笑むと軽やかな足取りで帰って行った。

右近はお梅の所に行くことにした。

その頃、左京は自宅で身支度を整え屋敷の木戸門に立った。そこへ文蔵がやって来て、

「伊之吉と助五郎の尻尾を摑みました」

さすがに喜びを隠せないようだ。

「でかした」

左京も声を弾ませている。

「助五郎の奴、どんな男だった」

「暗がりでよくはわかりやせんでしたがね、人相書とは似ても似つかない男でした。歳は意外と若かったです。伊之吉よりちょっと上くらい。本名は弥平次っていうようですよ。お梅の息子です」

「ということは、助五郎の母親がお梅ということか」

「そういうことなのでしょう」

「伊之吉はそれを知っていて対面を求めたのか」

左京は眉根を寄せた。

「こら、あっしの推測ですがね、お梅には自分が身代わりになって助五郎が無事であることを知らせたんじゃねえでしょうか」

「そうかもしれんが……。お梅に確かめる必要があるな」

左京らしい慎重さだ。

「それはやめたほうがいいんじゃござんせんかね。お梅の所へ行けば、助五郎か助五郎の手の者が見張っているかもしれやせん。それよりは、助五郎が油断をしている隙をついて配下もろとも一網打尽にしたほうがよろしいかと。奴らは今夕暮れ六つ（午後六時頃）に新大坂町の朝日稲荷に集まるんですから」

文蔵はニヤッとした。

左京は思案するようにはすかいを向いていたが、

「そうしよう。今度こそ、助五郎を取り逃がしはせん」

「そうです」

文蔵も目に力を込める。

「ならば、捕物出役の手配だな」

左京は足取りも軽く奉行所に出仕をした。

北町奉行所に着くと詰所に向かい、筆頭同心狭山源三郎に面談を申し込んだ。外部に洩れないよう詰所の外で対する。

「狭山さま、助五郎の尻尾を捕まえました」

「まことか」

狭山は顔を輝かせた。左京は助五郎の尻尾を捕まえた経緯を話した。

「しかと、今日の暮れ六つに新大坂町の朝日稲荷に集まるのだな」

「間違いございません。捕物出役をお願い申し上げます」

「わかった」

筆頭同心は大きくうなずく。

「今度こそ助五郎一味を一網打尽にしてみせます」

「頼むぞ」

「絶対に逃しはしません。三年間の思いがございます」

左京は珍しく興奮気味である。

「よくぞ今日まで精進したものだ」

「それは、助五郎をお縄にしてからでございます」

「わしも、きついことを申したが、許せ」

「なんの、よくぞ、これまでわたしの行いを許してくださいました」

左京は丁寧に頭を下げた。

「お父上の修練に耐えたからだ」

「では、捕物出役を」

「一味に気取《けど》られぬようにせねばな」

「隠密廻りなども配することとお願い申し上げます」

「朝日稲荷の周りには目こぼしなく配置しておく」

「ならば、これにて」

「暮れ六つまではまだ間がある。今日のところは、自宅で休んでおれ」

「そういうわけにはまいりません。今日も町廻りに出ております」

「父上そっくりだな」

狭山はにんまりとした。以前の刺々《とげとげ》しさはなりを潜めた。

左京は誇らしい気分に包まれ奉行所を出た。文蔵が待っていた。

「捕物を行うことになった」

「まずはよかったです」

「ここは気分を引き締めて当たらねばな」

「あっしは、先回りして伊之吉のことを見張っております」

「頼む」

「では、新大坂町の自身番で夕七つ半（午後五時頃）ということでどうでしょう」

「よかろう」

左京は呉服橋を渡った。吹く風が月代を撫でていく。御堀の水面が銀色に輝いている。なんだか、今日の捕物の成功を表しているように思えてきた。

「三年の思いだ」

左京は全身に血がたぎった。

二

右近はお梅の家にやって来た。お梅はぜいぜい咳き込み、部屋で臥《ふ》せっていた。お梅が病床から起き上がろうとすると、

「寝ていろ」

強めに声をかけながら上《あ》がり框《かまち》に腰かけた。

「具合はどうだい」

聞くまでもないと思ったが話のきっかけとして問いかけた。案の定、

「もう、お迎えが来ていますよ」

お梅は蒼い顔で横になった。

「気の弱いことを言うんじゃない」

「悪行の報いですかね」

「金貸しが悪行か」

「金貸しだけじゃありませんよ。夜鷹を束ねてもいましたからね。柳原でしたけどね。もう、十年も前になりますけど」

「おれが両国へ行った頃だな。もう少しいてくれたら、おまえと顔見知りになってたかもな」

「そうですね」

お梅は薄く笑った。

「ところで、伊之がな、お解き放ちになったよ」

「そうですか」

お梅は寝返りを打ち背中を向けた。表情を見せないかのような仕草だ。

「伊之はおまえの息子ではなかったな」

「だから言ったじゃありませんか」

言いながらお梅は咳き込む。

「だけど、あの時の伊之はまさしく本気でおまえを母親と慕っているようだったがな」

「そうでしたね。あたしも驚きましたよ」

お梅はこちらを向いて苦笑を洩らした。

「おまえの本当の息子は弥平次だな」

「な、なんですよ、いきなり」

お梅は目を伏せる。右近はかまわず続ける。

「そして、弥平次は三年前に江戸を騒がせた盗人房州の助五郎だな」

お梅は明らかに動揺した。激しく咳き込む。放ってはおけない。右近は部屋に上がり背中をさすった。病人を虐《いじ》めているようでいい気分はしない。しかし、それでも事実を明らかにしたいという欲求を抑えることはできない。

「聞くだけ聞いてくれ。助五郎は生きていて江戸に戻って来た。そのことを門太に感づかれた。だから、助五郎は門太を殺した。そして、伊之は助五郎を庇うため自分がやったと夜鷹のお恵に突き出させた。おまえを大番屋に呼んだのは自分が身代わりになったとおまえを安心させるためだ」

お梅の息はぜいぜいとしている。

「助五郎はどこだ」

「知りませんね」

「ここにやって来るだろう」

「どうでしょうね」

「もう、訪ねて来たか」

「来やしませんよ」

お梅は身体の具合が悪くなったと口を閉じた。両目も瞑りながら、

「いつまでも、ここで頑張ろうってんですか」

「迷惑か」

「決まっているじゃござんせんか。病人なんですからね、あたしゃ」

「そいつは悪かったな」

さすがに居続けることには抵抗があった。

「張り込んだって無駄ですよ」

「そんなことしやしねえよ」

右近はお梅の家を出た。

もう一度、助五郎のやった盗みを調べてみようと思っていたが、そのままになっていたことを思い出した。

「そうだ」

柿右衛門を訪ねてみよう。柿右衛門なら助五郎一味の盗みの状況を詳しく覚えているに違いない。

と、その時、眼前を横切る男がいる。銀次だった。

「おう、銀次」

銀次は右近を見て呆然と立ち尽くしたが、すぐに顔中を笑みにして、

「こら、親分」

馬鹿丁寧な挨拶をしてきた。

「なんだ、こんなところにまでお得意がいるのか」

「そうなんですよ」

銀次は髪結い箱を持ち上げて見せた。

「商売熱心なことだ」

「親分はどうしてこちらにおいでになったんですか」

「なに、探索だよ」

「御奉行所に行かれなくても探索とは親分、案外と町方同心に向いているのかもしれませんよ」

「調子のいいことを申しおって。ま、精々、稼ぐんだな」

右近は言いその場を離れた。


「邪魔するぞ」

右近はずかずかと柿右衛門の家に上がった。庭に面した居間に入ると柿右衛門はごろんと横になっている。右近が入って来ても起きる素振りも見せず、両目をかっと見開いて天井を見つめていた。部屋中に紙屑が散乱し、火鉢の鉄瓶が湯気を立てている。

「親父殿、だらしないぞ」

右近は顔をしかめながらどっかと座る。竹の皮に包まれた人形焼を差し出し、

「ちゃんと美味い方の店、雷屋で買って来たぞ」

ここに至ってようやく柿右衛門は上半身を起こし鉄瓶に目をやった。茶を淹れろということだろう。

「相変わらず、人使いが荒いな」

「一々文句を言うな」

柿右衛門はようやく重い口を開いた。

「どうしたんだ。陰気な顔をして」

「筆が進まん」

柿右衛門は渋面を作った。右近は茶を淹れ柿右衛門の前に置く。

「この前、言っていた読本を書いているのか」

「そうだ。版元に話したら是非とも書いてくれと大乗り気なのだがな、どうもうまく書けん」

「どれ」

右近は文机の上に重ねてある紙の束を手に取った。

「やめろ」

柿右衛門は気色ばんだ。

「いいじゃないか」

「まだ書きかけだ」

「書きかけでいいよ」

「駄目だ」

柿右衛門は引《ひ》っ手繰《たく》るようにして紙の束を取り戻した。それを丁寧に積み重ね、

「何しに来たんだ」

「何しに来たはないだろう。親子じゃないか」

「都合のいい時だけそんなことを言いおって」

「そんなこと言わないで、教えて欲しいことがあるんだ」

右近は人形焼を勧める。柿右衛門は一つ手に取って、目で何だと聞いてきた。

「房州の助五郎のことだ」

「またか」

「助五郎一味の盗み、確か三件だったな」

「以前にも話したじゃろう。日本橋本町の薬種問屋、神田白壁町の呉服問屋、上野元黒門町の米問屋だった。いずれも鮮やかな手口であったとか。一人も殺したり傷つけたりせず、金蔵の南京錠の鍵を蠟型《ろうがた》に取って合い鍵を作り、それでもって南京錠を開けたのじゃ。そんなこと、奉行所の例繰方へ行って調べればすぐにわかることじゃ」

「そういう冷たい物の言い方をするなよ。出仕差し控えの身だぞ。調べたくても奉行所へは行けないんだ。それにしても、助五郎一味はどうしてそんな鮮やかに盗みがで

きたのだろうな」

「どうしてだと思う」

「盗み入った商家に手引きする者を作っていたんじゃないか」

「三件の盗みが起きたのは三年前の五月じゃった。一月の間に三件だ。手引きの者をそれだけの期間で作れると思うか」

「だから、予《あらかじ》め年月をかけて潜入させていたのではないのか」

「違う。いずれの商家も助五郎一味が盗みに押し入った後、辞めた奉公人はおらん。ということは手引きの人間はいなかったということになる」

「なるほどな」

右近は腕を組み思案を重ねた。

「ということは、いかにして助五郎一味は鍵の蠟型を作ることができたのか」

柿右衛門は楽しむかのようににんまりとした。

「勿体ぶらないでくれよ」

「自分で考えてみろ」

「ええっと、商家の人間ではないとしたら、出入りしていても不審に思われない者だ」

「そうだ、とすると」

「棒手振り連中、たとえば魚売り」

「棒手振り連中が相手にするとなると商家の女中や奉公人だ。とても、鍵の在り処になど近づくことはできんな」

柿右衛門は茶を飲んだ。

と、ここで右近の脳裏に銀次のやさ男然とした顔が浮かんだ。

「廻り髪結い、そうだろう。髪結いなら、その商家の主人やお上さんなんかとも親しくなれる。母屋の内部に入り込める。隙を見て鍵の蠟型を取ることくらいできるだろう」

「そうじゃ」

柿右衛門はにんまりとした。

「親父殿はそのことを調べたのか」

「わしは、廻り髪結いに目をつけ、定町廻りの連中に教えてやった。定町廻りが調べたところでは、三件とも同じ廻り髪結いの男が出入りしていたのがわかった。その男は助五郎一味の盗みが終わると、忽然と姿を消した」

「男の名はなんと言う」

「金次《きんじ》といったな」

「金次……」

右近の胸は激しく打ち鳴らされた。

三

金と銀、職は同じ廻り髪結い、これは偶然か。

──いや──

偶然では片づけられない。さっき、お梅の家の近くで銀次を見かけた。自分が声をかけた時の銀次の狼狽ぶり。突然、思わぬところで右近から声をかけられたという驚きとも取れるが、あれはそれにしてははげしく動揺していた。

「金次って男、どんな顔だった」

「男前だったと思ったがな。ちょっと、待ってろ」

柿右衛門は隣の部屋と隔てている襖《ふすま》を開けた。そこには書棚があり、多くの書物が雑然と並べられていた。柿右衛門はその書棚の一つの前に立ち、しばらくの間ごそごそとやっていたが、紙の束を引っ張り出した。その束を捲《めく》りながらしばらく見ていた

が、その内その中の一枚を抜き出し、

「あった、あった」

と、戻って来た。

「人相書を保管しているのか」

「御仕置裁許帳を持って来るわけにはいかぬからな。人相書は取っておいた。読本のネタになるかもしれんと思ってな」

言いながら、柿右衛門は人相書を右近に差し出した。

「男前であろう」

柿右衛門の解説は不要だ。

人相書は間違いなく銀次だった。右近は心を鎮め、

「どうしてこの男を追わなかったんだ」

「追った。でも、追っている最中に北町が伊之吉という密告者を捕まえて、一足先に捕物出役してしまったからな。一網打尽にされたということだから、これ以上、金次を追う必要はなくなった」

「そういうことか」

「でも、今頃、金次なんか追ってどうするんだ」

「金次は生きている」

「北町の手を逃れて逃げたということか」

「いや、金次こそが房州の助五郎だ」

「なんじゃと」

今度はさすがの柿右衛門も驚きの声を上げた。

「房州の助五郎は廻り髪結いになって狙いをつけた商家に入り込み、金蔵の鍵の蠟型を手に入れ、盗みに入っていた」

「そういうことになるな」

「うまい手を考えたもんだ」

「感心しておる場合か。助五郎の行方はわかっておるのか」

「わかっているとも」

わかっているどころではない。自分の所にも出入りしていたのだ。今朝、月代を剃りそこなったのは銀次には珍しいことだ。昨晩、剃刀の手入れをしそこなうようなことをしていたに違いない。

「お陰で絵図が見えてきたぜ」

「一件が落着したら必ず報告にまいれよ。ちゃんと、わしが書き留めておいてやるか

「わかったよ」

言いながら右近は居間を後にした。

そうか、銀次か。銀次こそが助五郎。なんのことはない。追っていた男は目と鼻の先にいたのだ。

どうする。

銀次は明日の朝も右近の家にやって来る。その場で捕らえるのは容易だ。だから、焦ることはない。

だが、不思議と胸騒ぎがする。伊之吉は銀次と接触するだろう。その時、何かが起きるのではないか。お梅のあの様子からすると、銀次はお梅を訪ねていたに違いない。そのことも良からぬことが起きる予兆のような気がしてならない。

とにかく、伊之吉の足取りを追ってみよう。

そう思うと右近は両国へと足を向けた。

夕七つ半（午後五時頃）、右近が両国西広小路にやってくると牛太郎がやって来た。

「伊之の奴、どこだ」

「新大坂町の朝日稲荷にいるようです」

「何しているんだ」

「お参りだと言って出て行ったんですがね」

「廻り髪結いの銀次はどうした」

「今朝、親分の所へ行くと言って歩いているところは見かけたんですがね。きっと、お得意を廻っているんでしょう。でも、どうして銀次のことなんかお聞きになるんですか」

「銀次こそが助五郎だ」

「な、なんですって」

牛太郎の岩のような身体が大きく揺れた。

「おれもとんだ間抜けだった」

右近は柿右衛門の家で判明した銀次の正体を語った。牛太郎の表情は驚きから怒りへと変化した。

「野郎、よくも欺《あざむ》きやがったな。こうなったら、徹底的に探し出してやりますよ」

「そんな必要はない。奴は伊之吉と会うだろう。とすれば、新大坂町の朝日稲荷に行けば会えるさ」

「なら、若い者に声をかけてきますよ」

「いや、事を荒立てたくはない。おれとおまえで行く」

「わかりやした」

牛太郎は腕捲りをした。丸太棒のような腕がむき出しとなった。

左京は新大坂町の自身番にやって来た。そこに文蔵が待っている。

「首尾は」

「伊之吉と助五郎と思しき男は、朝日稲荷の裏手にある鰻屋に入って行きました」

「そこが集合場所なのだな」

左京が言っていると、背に風呂敷を背負った行商人風の男が入って来た。文蔵が頭を下げ、左京も威儀を正す。隠密廻り同心だ。隠密廻りが鰻屋には助五郎と伊之吉を含めて十人くらいの男がいるという。

左京が了解したところで、狭山が顔を出した。捕物装束に身を包んだ小者、中間《ちゅうげん》が二十人ばかりやって来た。

「ご苦労さまです」

左京は挨拶をしてから助五郎一味が新大坂町の鰻屋にいることを告げた。

「間もなく、暮れ六つ（午後六時頃）だな」

「おっしゃる通りです」

「ならば、そろそろ」

狭山が言った時、暮れ六つの鐘の音が鳴った。

「おまえが指揮を執れ」

「ですが、狭山さまが」

左京はさすがに筆頭同心たる狭山の顔を立てるべきだと思った。

「遠慮することはない。三年の思いを込めて助五郎一味を一網打尽にするんだ。今回は一味に気取られぬようにせねばならぬゆえ、検使役の与力さまの立ち会いはいただかぬつもりじゃ。おまえが指揮せよ」

「承知しました」

左京は全身に熱い血がたぎるのがわかった。

表に出て勢揃いしている捕方に向かって、

「これより、房州の助五郎一味を一人残らず捕らえる。抜かるな」

厳しい目を向けると、

「おお」

と、力強い声が返された。

「では、捕物出役」

左京は十手を頭上高く掲げた。


それより少し前、伊之吉は朝日稲荷にやって来た。参拝を済ませたところで、肩を叩かれた。振り返ると銀次がいる。

「考え直しちゃあくれねえか」

伊之吉は懇願した。

「今更、何を言っているんだ。おらあ、蠟型まで取ったぜ」

銀次は懐から鍵の蠟型を取り出した。

「柳橋《やなぎばし》の料理屋吉林《きちりん》だ。大店《おおだな》の旦那連中が大名屋敷の留守居役を接待するのに使う老舗の料理屋さ。しこたま、金を溜め込んでいる上に、床の間を飾る掛け軸、骨董品も相当に値の張る代物がある。まさしく、お宝の山だ。これを見逃す手はない」

「でも、お袋さんが悲しむよ」

「お袋にもう先はない」

「お袋さんは弥平次さんが足を洗うことを願っていらっしゃるんだから」

「そんなことはわかっているさ」

「じゃあ、やめてくれよ」

「しつこい野郎だな。もう、仲間も集まってるんだ」

「ここにかい」

「裏にある鰻屋さ」

「そこへ行って中止を言えばいい」

「そんなことができるか」

「おれが言ってやるよ」

「どこまで馬鹿だ、てめえは。いいから来い。おめえだって、盗みを働けば昔の血が騒ぐってもんだぜ」

銀次は言うと伊之吉の背中を押した。

「おらあ、盗みをするつもりはねえぞ」

「そう言わず、来るだけ来い」

銀次は言うと伊之吉の背中を押し稲荷を出た。

「仕方ない。行くだけ行く。でも、盗みはしない」

「好き勝手言ってろ」

銀次は鼻歌を歌い出した。

鰯雲《いわしぐも》に赤みがかかり日が暮れようとしていた。

四

左京は鰻屋の店先に捕方を集結させた。蒲焼の焼ける香ばしい香りが煙と共に漂ってくるのが捕物の殺気立った気持ちを削ぐ。隠密廻りの報告ではここの二階に助五郎一味の会合が持たれているということだ。

左京は引き戸を開け中に入った。中には客たちが半分くらい入れ込みの座敷で鰻飯をかきこんだり、酒を酌み交わしたりしていた。

「御用である。そのまま騒ぐな」

左京が言うと主人らしき男がやって来た。

「二階に盗人どもがおる。捕縛にまいった」

主人はおっかなびっくりといった様子で階段に目を向ける。

「酒だ、早く持って来い」

階段の上から声がかかった。

同時に、

「御用だ！」

左京は十手を頭上に掲げ、階段を駆け上がる。すぐその後ろを捕方がどやどやとついて来た。

鰻屋は騒然となった。客たちは店の隅に寄り、捕方たちが二階に殺到するのをおそるおそる見送った。

左京は十手を掲げ二階の襖を蹴破った。

「神妙にしろ！」

左京は怒鳴った。泡を食った男たちは何かわめきながらも往生際の悪いところを見せる。捕方が男たちに向かう。男たちは手にした徳利を投げたり、丼を投げたりして抵抗する。

男たちの中には二階の窓から表に飛び出す者もいた。

左京は二階から逃れる男に伊之吉を見つけた。

「伊之吉、御用だ！」

と、渾身の力を込めた声を浴びせる。伊之吉は振り返り、断腸の表情を作ったが横の男に着物の袖を引かれた。男はなんとも美しい面差しだった。助五郎に違いない。

「助五郎、ここで会ったが百年目だ」

左京にしては珍しい芝居がかった台詞《せりふ》を投げかけた。それほどに気が高ぶっている。

「神妙にしろ」

左京は十手を掲げたまま、伊之吉と助五郎に向かった。

「うるせえ！」

助五郎こと銀次は懐に手を入れた。と、思ったら何か白い物を摑み、はっしと左京に向かって投げつける。

「うう」

思わず顔を手で覆った。

白い物は白粉《おしろい》だった。白粉が目に入り、目をこすっている隙に、

「伊之、行くぜ」

銀次は伊之を引いて屋根瓦伝《づた》いに逃亡を図る。左京は目を押さえながら窓辺に立ち、

「追え」

屈辱に身を震わせながら眼下に向かって怒鳴る。店の前で待機をしていた狭山と捕

方が頭上の屋根を走る伊之吉と銀次に目をやる。

狭山以下捕方が二人を追う。左京も目を押さえながら窓敷居を跨《また》いだ。その間にも捕方の手を逃れた者たちが二階から往来に飛び降りた。

「お任せになられては」

文蔵が左京の着物の袖を引いた。

「大丈夫だ」

「目をやられなすったんだ。危ないですよ」

文蔵は、左京に落ち着けというように袖を引く手の力を強めた。

「離せ」

左京は抗うように文蔵の手を振り払い屋根に降りた。ようやくのことで目が開いたが、長くは開けていられない。涙で滲み視界がかすむ。それに加え秋の日は釣瓶《つるべ》落とし。既に夜陰が迫っていた。

伊之吉と助五郎の姿は闇に呑まれてしまった。

それでも、左京の執念の炎は消えるものではない。

「御用だ！」

己を叱咤《しった》するように左京は叫ぶ。

眼下には捕方の提灯が蠢《うごめ》いていた。左京は屋根から飛び降りる。地上に着地するや、両目が曇っている上に焦りが先に立ち、

「うぐ」

右の足首に激痛が走った。

「おのれ」

こんなことで取り逃がしてはなるものかと右足を引きずりながら暗闇を走る。だが、二、三歩行ったところでばったりと倒れた。とてものこと、走れるものではない。呼子の音が闇に響き渡る。

「左京さま」

文蔵に抱きかかえられた。

「追うぞ」

左京は言うものの身体がいうことを聞いてくれない。

「ここは、狭山さまにお任せ致しましょう」

「無念だ」

左京は自分の手で召し捕れないのが悔しくてならない。子供のように地べたの土を摑んで投げ捨てた。

伊之吉と銀次は夜陰に紛れ、近くの無人寺に身を隠した。

「やめた方が良かったんだ」

伊之吉が言った。

「おめえがどじったんだよ」

銀次は吐き捨てた。

「なんだっておれがどじったんだよ」

「おめえ、つけられていたんだよ。大番屋で解き放たれ、その後を町方に付け回されていたんだ。けっ、とんだどじを踏んでしまったもんだぜ」

銀次は悔いるように歯噛みをした。

「おれと一緒にお縄になろう」

伊之吉は懇願した。

「ふざけるな。また、やり直せばいいさ」

「やり直すたって、面は割れているよ。もう駄目だ。観念した方が身のためだ」

「なら、江戸を出るさ。上方《かみがた》へでも行けばいくらでも働き場がある」

「おっかさんはどうするんだ。まさか、置いていくのかい」

「お袋はどっちみち余命いくばくもないさ。一月と持ちやしない」

「おっかさんを看取《みと》ってやりたいって言ったのは誰だい」

伊之吉は言葉を荒らげた。

「そら、その時はそう思ったんだ」

銀次は横を向く。

「じゃあ江戸に残るべきだ」

「江戸に残ってお縄になったらどのみちお袋には会えないさ。だから、出て行くしかねえ。言っとくがな、一月も江戸に留まってはいられねえんだよ。上方で一稼ぎをしてお袋には立派な墓を建ててやるさ」

「墓なんか立派に作ったところでおっかさんは喜びはしないよ」

「てめえとはいくら話していてもらちが明かねえな」

銀次は踵《きびす》を返した。

「待ってくれ」

伊之吉は銀次に追いすがった。

「離せ」

銀次は邪険に振り払う。

それでも伊之吉は再び銀次の着物の袖を摑んだ。

「ええい、離しやがれ」

銀次は懐に呑んでいた匕首を取り出し、伊之吉の腹に突き立てた。

「ああ、や、弥平次さん」

伊之吉は途切れ途切れに言葉を洩らすとその場に崩れ落ちた。

その半時(約一時間)前、右近と牛太郎が朝日稲荷へ向かおうとすると、夜叉の家に駕籠《かご》が止まった。牛太郎が確認するとお梅である。お梅は息も絶え絶えにやって来た。

「どうしたんだ」

右近が聞くと、

「倅を見かけました。実は景山さまが帰られてから、すぐに表に出たんです。ひょっとして景山さまが張り込んでいるんじゃないかと思いましてね。様子を見ようと長屋の木戸に立ったんですよ。そうしましたら、景山さまは倅と親しげに言葉を交わしておられました。後で倅に聞いても何も話しちゃくれません。真面目に髪結いをやっているとしか言わなかったんですがね、なんだか、胸騒ぎを覚えまして、矢も盾《たて》もたまらず、景山さまを訪ねてまいったのでございます」

聞けば、八丁堀の組屋敷を訪ね、右近が不在だったため奉公人に聞いたところ、薬研堀の夜叉の家でわかると言われ駕籠を飛ばして来たという。

「倅に会わせてください」

「おまえ、身体はいいのか」

「どうせ、あの世へ行くのです。一目会ってからでもと思いまして」

お梅は必死だ。

「でもな」

右近が躊躇《ためら》うのは無理もない。その銀次は北町の捕方に囲まれているだろう。そんな所に連れて行けるわけはないが、お梅が死を覚悟してやって来たものをむげに断ることはできない。それに、捕方に囲まれる前に間に合うかもしれない。そうすれば、銀次とて母親の顔を見れば、自らの罪を認め自首するかもしれないのだ。

「よし、一緒に来な」

右近は声を張った。

お梅は弱々しくうなずく。牛太郎が、

「さ、背負ってやろう」

と、声をかける。

「歩けます」

お梅は言ったが、

「遠慮はいらねえよ」

右近に言われお梅は牛太郎の背におぶさった。

「さあ、急ぐぜ」

右近は早足になった。

「お梅、しっかり摑まりなよ」

牛太郎も小走りになった。

五

暮れ六つ（午後六時頃）過ぎ、右近は鰻屋の二階から伊之吉と銀次が逃亡するのを見定めた。

「追うぞ」

右近が言うと牛太郎も身構える。背中のお梅にしっかり摑まるよう促し夜道を急ぐ。背後に北町奉行所の捕方が掲げる提灯を確かめながら二人の行方を追った。

「あの無人寺だ」

右近は言う。牛太郎もうなずいたところで、

「下ろしてください」

お梅が言った。

「いいよ」

牛太郎は遠慮と受け取ったがお梅は毅然と、

「自分の足で行きたいのです」

「下ろしてやれ」

右近に言われ牛太郎もうなずく。

「なら、下ろすよ。しっかりな」

牛太郎は身を屈めた。お梅はしっかりと立つ。よろめきながらも必死の足取りで無人寺に向かって歩いて行く。

と、その時、

「離しやがれ」

銀次の甲走った声がしたと思うと続いて争うような音がし、

「うう、弥平次さん」

伊之吉のくぐもった声がした。

「しまった」

右近は飛び出した。牛太郎はお梅を見ながらも右近に続く。

右近は、

「待て！」

と、怒鳴りながら寺の境内に入った。伊之吉が倒れ、銀次が匕首を持って立ち尽くしている。

「銀次、いや、助五郎、観念しな」

右近が言った時、お梅がよろめきながら境内に入った。伊之吉は草むらに横たわりながら、

「親分、すまない。弥平次さんを……止められなかった」

と、声を振り絞りそれきりとなった。右近は牛太郎に目配せをする。牛太郎は伊之吉の傍に駆け寄った。

「弥平次、おまえなんてことしたんだい」

お梅は言った。銀次は立っていたが、そこに銀次が集めた配下の者が五人、捕方の

手を逃れ乱入してきた。

「やっちまえ」

銀次は叫ぶ。

「やるか」

右近は長脇差を抜き放った。背中の夜叉が月明かりにくっきりと浮かんだ。

「野郎」

一人が匕首を腰だめにして右近に向かってくる。右近は腰を落とし、長脇差を前に構え相手を懐に呼び込んでからさっと斬り下げた。匕首を持った右手ごと吹き飛んだ。

続いて四人の男が一斉に右近に向かって来る。

「面白い」

右近は左手に鞘を持ち、下緒《さげお》を振り回す。鞘が回転して群がる敵を跳ね飛ばす。飛ばされたやくざ者を待ってましたとばかりに牛太郎が張り手を食らわした。男たちは大の字になってゆく。

こうしてあっという間に五人のやくざ者が倒された。

「銀次、観念しろい」

右近は怒鳴りつけた。

「うるせい」

銀次はそれでも匕首を捨てようとしない。お梅が渾身の力で銀次の前に立ち、

「弥平次、いい加減におし」

と、張り手を食らわせた。

銀次は呆然と立ち尽くし、匕首をぽとりと落とした。

「おっかさん」

それからがっくりとうなだれた。

「お縄にかかるんだ。これ以上、みっともない真似はするんじゃないよ」

お梅はそれだけ言うと激しく咳き込んだ。

「親分」

牛太郎の声がした。牛太郎が伊之吉を抱きかかえている。

「伊之」

右近は伊之吉の横に座った。

「しかりしろい」

右近は伊之吉の身体を揺さぶる。だが、伊之吉の目は閉じられ開かれることはなか

った。その時、

「御用だ」

と、提灯が近づいて来た。

「銀次、いいな」

右近に促され銀次は提灯の方へ歩いて行き、往来に出た。そこに左京が足を引きずりながらやって来た。

「房州の助五郎、神妙に致せ」

左京は声を振り絞った。

「どうぞ」

銀次は両手を差し出した。

左京は捕方を促す。銀次は縄を打たれ引き立てられて行った。文蔵がやって来た。

「やりやしたね」

文蔵の声には万感の思いが込められている。左京もそれは同様で喜びが溢《あふ》れてくるのはどうしようもない。だが、浮かれている場合ではないと気を引き締め、

「中を検《あらた》めるぞ」

捕方を率いて無人寺の中に入った。鬱蒼《うっそう》と生い茂る草むらの中に男たちが蠢いてい

る。

「助五郎の手下ですぜ」

文蔵が言う。左京は全員を捕縛した。

「どうしてこいつら、おねんねしてやがるんですかね」

「わからん」

言いながらも左京の脳裏には右近の顔が浮かんだ。それは文蔵も同じと見え、

「ひょっとして、右近さまですかね。だとしたら、左京さまを助けてくだすったってわけだ」

「あいつが、そんなことをするもんか」

言葉とは裏腹に、左京も右近の仕業に違いないと思った。だとしたら、右近の手助けで助五郎を捕縛したことになる。

——なんであいつがおれを助ける——

右近の好意を素直に受け入れられないのは自分の狭量さか。複雑な思いに包まれていると、

「伊之吉ですぜ、死んでます」

文蔵が伊之吉の亡骸に屈みこんだ。左京も側に行く。

「髷が切られていますよ」

文蔵はそれ以上は語らなかった。おそらくは、伊之吉の供養のため右近が切り取って行ったのだろう。

「引き上げるぞ」

左京は乾いた声で告げた。夜風は肌寒くなり、秋の虫が蕭々《しょうしょう》と鳴いていた。

六

一件は落着した。

房州の助五郎と一味をお縄にした里見左京の名声が大いに喧伝《けんでん》された。左京はそれを誇ることもなく淡々と町廻りを続けている。

助五郎こと弥平次は江戸市中引き回しの上打ち首獄門となり、一味は遠島《えんとう》になった。

右近は出仕差し控えを解かれた。解かれてからは、髷を武士風の銀杏に結っている。奉行所に溶け込もうという思いもあるが、鯔背銀杏に結ってくれる腕のいい廻り髪結いがいないことが大きな理由だ。

柿右衛門は助五郎を題材にした読本を書くと大張り切りである。

八月三十日、弥平次の刑が執り行われた。その翌九月一日、右近はお梅を訪ねた。お梅はまさしく息も絶え絶え、弥平次の刑死が死期を早めたようだ。最早、右近を見ても起き上がることもできない。

右近は目でそのまま寝ていろと言い上がり框に腰掛けた。

「銀次、腕のいい髪結いだったぜ。まっとうに髪結いに精を出していたら、店の一軒も持てたろうにな」

お梅は目に涙を溜めていた。

「伊之の奴の墓は向島《むこうじま》の西念寺《さいねんじ》って寺に建ててやった。お恵がせめてもの供養だって、毎日、線香を供えに行ってるよ。今日、来たのは何もおめえを苦しめようってことじゃねえんだ。ちょいと気になることがあってな」

お梅は聞いているのかいないのか、じっと天井を見上げている。

「なんていうか、魚の小骨が喉《のど》に引っかかったような思いなんだ。だから、どうしてもその小骨を取り除きたくなった」

「…………」

「房州の助五郎、本当はお梅、おまえだったんじゃないか」

右近はお梅に視線を投げかけた。お梅の瞳孔が見開かれた。しかし、無言のままだ。

「銀次は廻り髪結いをしながら押し込めそうな商家を物色していた。だが、それは盗人の頭がすることじゃねえ。それに、伊之は銀次のことを弥平次さんと呼んでいた。親分とは言わずにな。おれと牛太郎がおめえを連れて新大坂町の無人寺に踏み込んだ時、伊之は親分とよびかけた。あの時はおれを呼んだとばかり思っていたが、妙だと気がついた。あいつの目におれは映っていなかったはずだ。それに最期の言葉。親分すまない、弥平次さんを止められなかった。これはおれへの呼びかけじゃない、お梅、おまえに言ったんだ」

右近は言葉を区切りお梅に向いた。お梅は肯定も否定もせず、目を瞑った。蒼白となったその表情からは何も読み取ることはできない。

「邪魔したな」

右近は懐から銀次の遺髪を取り出し、お梅の枕元に黙って置いた。

家を出ると、急ぎ足で上野広小路までやって来た。

前方から左京と文蔵が歩いて来る。

「これは右近さま」

文蔵は丁寧に腰を折った。銀次捕縛に右近の手助けがあったことを察したのか、以前よりも当たりが柔らかい。

「兄上、お手柄でございましたな」

左京は戸惑うように視線を揺らしたが、

「おまえも武士らしい言葉遣いをするようになったか」

「なに、気分次第でございます」

「精進することだな」

左京はわずかに口元を緩めた。左京にも以前の刺々しさはない。それは右近も同じで、定町廻り同心として御用を遂行する内に正一郎や左京の苦労を思い、恨みは薄らいでいた。

右近は軽く頭を下げ、その場を離れようとしたが立ち止まり、

「一度、父上のご仏前に線香を上げに行きたいのですが」

自分でも思いがけずそんな言葉を発した。左京は口をあんぐりとさせたが、口をしっかりと引き結び、

「母上も喜ばれるだろう」

そう言い残して雑踏の中に消えた。

吹く風は肌寒くなり晩秋の訪れを実感させる。天高く晴れ渡った空に雁の棹《さお》が連なっていた。

解説

縄田一男（文芸評論家）

昨平成二十二年、斯界は文庫書下ろし時代小説に明け、文庫書下ろし時代小説に暮れた。そしてこの傾向は、今年平成二十三年に入っても一向に衰《おとろ》えることはなく、その中を疾走した作家の一人に早見俊がいる。

早見作品の特色は、時代小説初心者からベテランまで、瞬《また》く間《たた》に読者を取り込んでしまう、テンポのいい文体、そしてたたみかけるような生きのいい会話、作中人物のキャラクターの立ち具合、さらには、必ず何らかのどんでん返しのある興味津々たるストーリーの妙等々、一気読み必至の面白さを持っている。

はじめ本書の解説の依頼を受けた際、編集者から『双子同心　捕物競い』（傍点引用者）という題名を聞かされた時、私は、これは面白くなるぞ、とゲラが送られてくるのを楽しみにしていた。

面白くなると確信を持ったのは、〝双子〟という設定にある。ここで少々、時代小説が大衆文学と呼ばれていた頃の作品を思い起こすと、今日、名を残している作品の中には、わが国の近世文芸の伝統と、海外ミステリーなどの翻案をミックスさせたものが多く見受けられるのが特色となっている。ここで、幾つかその例を挙げると、

・大佛次郎『鞍馬天狗』（大正13．↓ゴーグ『夜の恐怖』）
・前田曙山『落花の舞』（大正13．↓オルツィ『紅はこべ』、ルブラン『水晶の栓』）
☆三上於菟吉『敵打日月双紙』（大正14．↓マッカレー『双生児の復讐』）
・大佛次郎『照る日くもる日』（昭和元．↓サバチーニ『スカラムーシュ』）
☆三上於菟吉『雪之丞変化』（昭和9．↓マッカレー『双生児の復讐』）
・角田喜久雄『妖棋伝』（昭和10．↓ルブラン『813』）
☆山手樹一郎『桃太郎侍』（昭和15．↓ホープ『ゼンダ城の虜』）

ということになる。この中で特に注目していただきたいのが☆をつけた作品だ。これらの諸作は双子が協力して敵討ちをする、もしくは、悪を討つ、という設定の作品で、厳密にいえば『雪之丞変化』における雪之丞と侠盗闇太郎は、まったくの別人なのだが、長谷川一夫主演で初めて映画化されて以来、必ず一人二役という設定になっているため、この範疇に入る作品といっても良いかと思う。

今日では入手がむずかしくなっている『双生児の復讐』が、初期の大衆文学に与えた影響は実に大きいといわねばならない。そして、双子という設定は、物語のバリエーションをさらに面白くする。本書『双子同心　捕物競い』では、顔は瓜二つながら正反対の性格の兄弟が主役だが、この両者がタッグを組むや、二人一役、入れ替わり、二人同時に登場し、剣をふるうことから生じる目くらまし等々、さまざまなストーリーを紡ぎ出すことができるからだ。

その意味で早見俊は、時代小説の原点に戻って新しいシリーズをスタートさせることになったというべきであろう。

腕利《うできき》の筆頭同心を父に持ちながら、片や四角四面が玉にキズだが、北町の敏腕同心と呼ばれる兄・左京と、片や十五歳の時、家を飛び出し、やくざ者にまで身を落とし、いまでは夜叉の右近と呼ばれる弟――この本来、同じ土俵に上るはずのなかった二人にちょっかいを出したのが、南町の筆頭同心で、右近の侠気に惚《ほ》れ込んだ景山柿右衛門が、何と右近を養子にして同心を継げといい、その上、御家人株を買うために百両持ってこい、といい出す始末。

ここでちょっと余談ながら、チャンバラマニアの妄想を記させていただくと、私はこういう話を読みはじめると、頭の中で、往年の東映スターで自分勝手な配役を考えはじめる癖がある。双子といえばもう、これは中村錦之助（萬屋錦之介）と中村嘉葎雄しかおるまい。順当にいくと右近＝錦之助、左京＝嘉葎雄だが、いや、ちょっとまてよ、とマニア心が頭をもたげる。確かに錦之助は暴れん坊の役は得意である。だが一方で、折目正しい侍の品格というものが出せる。これに対して嘉葎雄の方は松竹に在籍していた頃、戦後のアプレゲール的な青年を演じているから、もしかしてこれは逆の方が良いのではないか――。

そして柿右衛門は、といえば、登場したときは、月形龍之介かと思ったが、その後の言動を見ていくと、こちらは、脇に廻ってからユーモラスな演技も得意とした大河内傳次郎しかあるまい、などと考えてしまうのである。これぞチャンバラファンの性《さが》といわずして何といおう。

そして、双子同心が誕生した弘化二年八月、嫌われ者の下っ引・門太（これなど阿部九洲男はどうでしょう）の惨死体が発見されるという事件が起こる。そして何と右近が可愛がっていた伊之吉（里見浩太朗ではどうでしょう？　え、もうやめろ――ハイ、すいません）に下手人の嫌疑がかかってしまう。実際、伊之吉は、阿部九洲男と――いやいや、門太と何らかの因縁があったらしいのだ。

さあ、さまざまな伏線が結末のどんでん返しにつながっているので、ここからはもう直接ストーリーに触れるのはやめるが、父・正一郎が死ぬ間際、「左京のことをよろしく頼む」と遺言された文蔵の存在感や、右近の手下である牛太郎のはしっこさはどうだ。

そして、第一の殺人に続く夜鷹殺しに際し、左京が「夜鷹とて虫けらのように殺されていいものではございません。せめて下手人を捕縛することで成仏させてやりたいと存じます」という台詞は、明らかに右近のいった「兄貴は八丁堀同心として、お役人として、町人と接触してきたのだろう。市井に暮らす名もなき者、貧しく、弱き者の心の声などは聞いたことあるまい」というそれに感化されたものであることは明らかであろう。

これまで左京は、完璧な同心になろうとして極端なまでのルールを己れに課してきた。だが、まずもって完璧な人間がいないように、そんなものがあるはずはない。その左京の完璧主義に、右近の俠気が人間らしい情の回路をつくっていく。これはその名場面といえはしないだろうか。

さらに、これまでの娯楽小説は、主人公が組織から飛び出すことで読者に爽快さを与えていたように思われる。ところが本書は、その逆で、主人公の片割れが組織に入って、これをぶち壊していくことが面白さの核となっている。サラリーマン諸氏は、さぞかし溜飲が下がることであろう。

そして本書のもう一つのストーリーの軸は、〝母恋い物語〟の構成が取られている点である。たとえそれが、どれだけいまわしい犯罪とかかわっていようとも——。

さらにもう一つ、本書のラスト近くにこう記されているのを私たちは見逃すわけにはいかないだろう。

——なんであいつがおれを助ける——

右近の好意を素直に受け入れられないのは自分の狭量さか。

明らかに左京は右近に心をひらきはじめている。

右近が四角四面の左京を、だんだん人間味あふれる男にしていくであろうことは、大方の読者は察しがつく。しかしながら、このシリーズでそうした道筋がつくことを予想しつつも、ついつい読まされてしまうのは、作者のストーリーテラーとしての力量の賜物であろう。

この第一作では、名前しか出てこなかった遠山の金さん（あと一回だけいわせて下さい。絶対に片岡千恵蔵！）が登場するような大事件が起こるかもしれない。そして、左京と右近が心から信頼関係を結んでタッグを組んだときこそ、ここに最強の同心コンビが誕生する！

時代小説ファンにとって目をはなすことのできない新シリーズの誕生を心から喜びたい。

本書は書下ろし作品です。

|著者|早見 俊　1961年、岐阜県岐阜市生まれ。法政大学経営学部卒業。会社員を経て、作家活動に入る。著作に、『居眠り同心影御用』（二見時代小説文庫）、『公家さま同心飛鳥業平』（コスミック時代文庫）、『蔵宿師善次郎』（祥伝社文庫）、『ご落胤隠密金五郎』（徳間文庫）、『鳥見役京四郎裏御用』（光文社時代小説文庫）、『八丁堀夫婦ごよみ』（ハルキ文庫）、『密命御庭番』（静山社文庫）、『婿同心捕物控え』（学研M文庫）の各シリーズ、『遠山追放　闇御庭番始末帖』（ベスト時代文庫）などがある。

双子同心《ふたごどうしん》　捕物競《とりものきそ》い

早見《はやみ》　俊《しゅん》

講談社文庫

定価はカバーに
表示してあります

2011年8月12日第1刷発行

発行者――鈴木　哲
発行所――株式会社　講談社
東京都文京区音羽2-12-21　〒112-8001
電話　出版部（03）5395-3510
　　　販売部（03）5395-5817
　　　業務部（03）5395-3615

デザイン―菊地信義
本文データ制作―講談社デジタル製作部
印刷―――豊国印刷株式会社
製本―――株式会社大進堂

Printed in Japan

ISBN978-4-06-276982-2

講談社文庫刊行の辞

二十一世紀の到来を目睫に望みながら、われわれはいま、人類史上かつて例を見ない巨大な転換期をむかえようとしている。

世界も、日本も、激動の予兆に対する期待とおののきを内に蔵して、未知の時代に歩み入ろうとしている。このときにあたり、創業の人野間清治の「ナショナル・エデュケイター」への志を現代に甦らせようと意図して、われわれはここに古今の文芸作品はいうまでもなく、ひろく人文・社会・自然の諸科学から東西の名著を網羅する、新しい綜合文庫の発刊を決意した。

激動の転換期はまた断絶の時代である。われわれは戦後二十五年間の出版文化のありかたへの深い反省をこめて、この断絶の時代にあえて人間的な持続を求めようとする。いたずらに浮薄な商業主義のあだ花を追い求めることなく、長期にわたって良書に生命をあたえようとつとめるところにしか、今後の出版文化の真の繁栄はあり得ないと信じるからである。

同時にわれわれはこの綜合文庫の刊行を通じて、人文・社会・自然の諸科学が、結局人間の学にほかならないことを立証しようと願っている。かつて知識とは、「汝自身を知る」ことにつきていた。現代社会の瑣末な情報の氾濫のなかから、力強い知識の源泉を掘り起し、技術文明のただなかに、生きた人間の姿を復活させること。それこそわれわれの切なる希求である。

われわれは権威に盲従せず、俗流に媚びることなく、渾然一体となって日本の「草の根」をかたちづくる若く新しい世代の人々に、心をこめてこの新しい綜合文庫をおくり届けたい。それは知識の泉であるとともに感受性のふるさとであり、もっとも有機的に組織され、社会に開かれた万人のための大学をめざしている。大方の支援と協力を衷心より切望してやまない。

一九七一年七月

野間省一

講談社文庫 最新刊

恩田 陸
きのうの世界(上)(下)
送別会から姿を消した一人の男。一年後の寒い朝、彼は死体となって現れた。犯人は誰？

翔田 寛
誘拐児
昭和21年、戻らなかった誘拐児。15年後再び事件が動き出す。第54回江戸川乱歩賞受賞作。

高田崇史
QED 諏訪の神霊
長野・諏訪大社に千二百年続く奇祭「御柱祭」「御頭祭」の意味と、連続殺人事件の謎を解く。

早見 俊
双子同心 捕物競い
瓜二つの双子だが性格は真逆。左京と右近二人が競い合い悪を追う書下ろし新シリーズ！

佐藤さとる
〈コロボックル物語④〉
ふしぎな目をした男の子
コロボックルと人間の〝トモダチ〟が、汚れた池に奇跡を招く？ 250万部の名作第4弾

太田尚樹
満州 裏史
〈甘粕正彦と岸信介が背負ったもの〉
鬼憲兵と昭和の妖怪――二つの人生は満州で交錯した。知られざるもう一つの昭和史。

篠田真由美
失楽の街
〈建築探偵桜井京介の事件簿〉
巨大都市・東京に仕掛けられた謎に桜井京介が立ち向かう。建築探偵シリーズ第二部完結。

化野 燐
人外鏡
〈人工憑霊蠱猫〉
小夜子であるはずの〝私〟は〝あの女〟だという。私は一体何者!? シリーズ最大の謎の迷宮。

二階堂黎人 千澤のり子
ルームシェア
〈私立探偵・桐山真紀子〉
部屋の壁一面に呪詛の言葉を書き殴って消えたルームメイト。謎の失踪に隠された真相！

真梨幸子
深く深く、砂に埋めて
美貌の女優の恋人が、殺人と詐欺の容疑で逮捕された。女の愛と破滅を描く長編ロマンス。

ダニエル・スアレース 上野元美 訳
デーモン(上)(下)
天才博士が遺したシステムが社会を崩壊させる。かつてないノンストップエンタメ誕生！

ヤンソン 小野寺百合子 訳
新装版 ムーミンパパ海へいく
毎日が平和すぎて物足りないムーミンパパは一家を連れて海を渡り、島暮らしを始める。

講談社文庫 最新刊

内田康夫　靖国への帰還
「靖国神社」とは何なのか？　時空を超えて蘇った英霊が問い直す、日本人と戦争の記憶。

佐藤雅美　一心斎不覚の筆禍〈物書同心居眠り紋蔵〉
室鳩巣の書き記した賤ヶ岳の戦いでの美談は嘘だった!?　大人気の異色捕物帖シリーズ。

末浦広海　訣別の森
元陸自戦闘ヘリのエースパイロットに降りかかる事件の連鎖。第54回江戸川乱歩賞受賞。

姉小路祐　署長刑事〈大阪中央署人情捜査録〉
現職警官の飲酒ひき逃げ事故。背後の闇に人情派署長が迫る！〈文庫40周年特別書下ろし〉

折原一　天井裏の奇術師〈幸福荘殺人日記②〉
いわくつきの幸福荘でふたたび繰り広げられる九転十転の逆転劇。究極の叙述マジック。

島田荘司　リベルタスの寓話
酸鼻を極める切り裂き事件に御手洗が挑む。民族紛争を題材にした、傑作中編2編収録。

大村あつし　恋することのもどかしさ〈エブリ　リトル　シング　2〉
〝意外性の魔術師〟が描くキュートでやさしくミラクルな連作集。きっと奇跡は訪れる。

竹内明　秘匿捜査〈警視庁公安部スパイハンターの真実〉
自衛隊員が、ロシアスパイに籠絡された!?　警視庁の極秘部隊を描くノンフィクション。

阿部夏丸　父のようにはなりたくない
どこの家庭にも起こりうる小さな事件を描き、子育ての悩みをほぐしてくれる8つの短編集。

山口雅也　モンスターズ
『ミステリーズ』『マニアックス』に続く、洒脱で背筋の凍る、Mシリーズの傑作短編集。

中山康樹　伝説のロック・ライヴ名盤50
これを聴かずしてロックを語るなかれ——伝説の瞬間を切り取った名ライヴ盤50枚を精選！

五木寛之　海外版　百寺巡礼　ブータン
どこか懐かしさが漂うブータン。素朴なこの国には、本来の仏教の姿がまだ残っている。

講談社文庫　目録

芥川龍之介　藪の中
有吉佐和子　和宮様御留
阿川弘之　七十の手習ひ
阿川弘之　春風落月
阿川弘之　亡き母や
阿刀田　高　冷蔵庫より愛をこめて
阿刀田　高　ナポレオン狂
阿刀田　高　最期のメッセージ
阿刀田　高　猫を数えて
阿刀田　高　奇妙な昼さがり
阿刀田　高　ミステリー主義
阿刀田　高　コーヒー党奇談
阿刀田　高　新装版ブラック・ジョーク大全
阿刀田　高　新装版食べられた男
阿刀田　高　新装版最期のメッセージ
阿刀田　高　新装版猫の事件
阿刀田　高　新装版妖しいクレヨン箱
阿刀田高編　ショートショートの広場10
阿刀田高編　ショートショートの広場11
阿刀田高編　ショートショートの広場12
阿刀田高編　ショートショートの広場13
阿刀田高編　ショートショートの広場14
阿刀田高編　ショートショートの広場15
阿刀田高編　ショートショートの広場16
阿刀田高編　ショートショートの広場17
阿刀田高編　ショートショートの広場18
阿刀田高編　ショートショートの広場19
阿刀田高編　ショートショートの広場20
阿刀田高編　ショートショートの花束1
阿刀田高編　ショートショートの花束2
阿刀田高編　ショートショートの花束3
相沢忠洋　「岩宿」の発見〈幻の旧石器を求めて〉
安西篤子　花あざ伝奇
赤川次郎　真夜中のための組曲
赤川次郎　東西南北殺人事件
赤川次郎　起承転結殺人事件
赤川次郎　冠婚葬祭殺人事件
赤川次郎　人畜無害殺人事件
赤川次郎　純情可憐殺人事件
赤川次郎　結婚記念殺人事件
赤川次郎　豪華絢爛殺人事件
赤川次郎　妖怪変化殺人事件
赤川次郎　流行作家殺人事件
赤川次郎　ABCD殺人事件
赤川次郎　狂気乱舞殺人事件
赤川次郎　女優志願殺人事件
赤川次郎　三姉妹探偵団
赤川次郎　三姉妹探偵団2〈キャンパス篇〉
赤川次郎　三姉妹探偵団3〈珠美・初恋篇〉
赤川次郎　三姉妹探偵団4〈怪奇篇〉
赤川次郎　三姉妹探偵団5〈復讐篇〉
赤川次郎　三姉妹探偵団6〈危機一髪篇〉
赤川次郎　三姉妹探偵団7〈駆け落ち篇〉
赤川次郎　三姉妹探偵団8〈人質篇〉
赤川次郎　三姉妹探偵団9〈青ひげ篇〉
赤川次郎　三姉妹探偵団10〈父恋し篇〉
赤川次郎　死が小径をやってくる〈三姉妹探偵団11〉

講談社文庫　目録

青木　玉　小石川の家
青木　玉　帰りたかった家
青木　玉　上り坂下り坂
青木　玉　底のない袋
青木　玉　記憶の中の幸田一族〈青木玉対談集〉
芦辺　拓　時の誘拐
芦辺　拓　怪人対名探偵
芦辺　拓　時の密室
芦辺　拓　探偵宣言〈森江春策の事件簿〉
浅川博忠　小説角栄学校
浅川博忠　小説池田学校
浅川博忠　「新党」盛衰記〈新自由クラブから国民新党まで〉
浅川博忠　自民党幹事長〈三百億のカネ、八百のポストを握る男〉
浅川博忠　小泉純一郎とは何者だったのか
浅川博忠　政権交代狂騒曲
荒　和雄　預金封鎖
阿部和重　アメリカの夜
阿部和重　グランド・フィナーレ
阿部和重　A B C〈阿部和重初期作品集〉

阿部和重　ミステリアスセッティング
阿川佐和子　あんな作家こんな作家どんな作家
阿川佐和子　恋する音楽小説
阿川佐和子　いい歳旅立ち
阿川佐和子　屋上のあるアパート
阿川佐和子　マチルデの肖像〈恋する音楽小説2〉
麻生　幾　加筆完全版 宣戦布告(上)(下)
青木奈緒　うさぎの聞き耳
青木奈緒　動くとき、動くもの
赤坂真理　ヴァイブレータ
赤坂真理　コーリング
赤坂真理　ミューズ
赤尾邦和　イラク高校生からのメッセージ
浅暮三文　ダブ(エ)ストン街道
安野モヨコ　美人画報
安野モヨコ　美人画報ハイパー
安野モヨコ　美人画報ワンダー
梓澤　要　遊部(上)(下)
雨宮処凛　暴力恋愛

雨宮処凛　ともだち刑
雨宮処凛　バンギャル ア ゴーゴー1・2・3
有村英明　届かなかった贈り物〈心臓移植を待ちつづけた87日間〉
有吉玉青　キャベツの新生活
有吉玉青　車掌さんの恋
有吉玉青　恋するフェルメール〈37作品への旅〉
有吉玉青　風の牧場
甘糟りり子　みちたりた痛み
甘糟りり子　長い失恋
赤井三尋　翳《かげ》りゆく夏
赤井三尋　花曇り
あさのあつこ　NO.6〔ナンバーシックス〕#1
あさのあつこ　NO.6〔ナンバーシックス〕#2
あさのあつこ　NO.6〔ナンバーシックス〕#3
あさのあつこ　NO.6〔ナンバーシックス〕#4
あさのあつこ　NO.6〔ナンバーシックス〕#5
あさのあつこ　NO.6〔ナンバーシックス〕#6
赤城　毅　虹のつばさ
赤城　毅　麝《じゃ》香《こう》姫《ひめ》の恋文

講談社文庫　目録

2011年6月15日現在